UN GARÇON SINGULIER

Philippe Grimbert est un écrivain et un psychanalyste français. Passionné de musique, de danse et d'informatique, il a publié des essais (*Psychanalyse de la chanson*, *Pas de fumée sans Freud*, *Chantons sous la psy*...) et est aussi l'auteur de plusieurs romans : *La Petite Robe de Paul*, *La Mauvaise Rencontre* et *Un secret*, récompensé par le prix Goncourt des lycéens en 2004, le prix des Lectrices de *Elle* en 2005 et adapté au cinéma par Claude Miller en 2007.

*Paru dans Le Livre de Poche :*

La Mauvaise Rencontre

La Petite Robe de Paul

Un secret

PHILIPPE GRIMBERT

# *Un garçon singulier*

ROMAN

GRASSET

ISBN : 978-2-253-16420-3 – 1re publication LGF

*Pour Aleth.*

# I

*Oisive jeunesse*
*A tout asservie,*
*Par délicatesse*
*J'ai perdu ma vie.*
*Ah ! Que le temps vienne*
*Où les cœurs s'éprennent !*

Arthur RIMBAUD.

*Recherche jeune homme motivé pour s'occuper d'un adolescent singulier en séjour avec sa mère à Horville (Calvados).*

Pour la première fois, une annonce m'accrochait. Aucune jusqu'à ce jour n'avait retenu mon attention : j'étais trop peu sociable pour proposer des activités aux enfants d'une colonie de vacances, trop timide pour plaisanter avec les clients d'une pizzeria. Trois années d'université venaient de s'écouler sans que je parvienne à me décider pour une orientation. Mon père avait menacé de me couper les vivres si je ne choisissais pas une filière qui offrait de véritables débouchés, aussi j'avais renoncé aux lettres pour me diriger vers le droit. Cette année, je m'apprêtais à abandonner, une fois de plus ; je savais que je n'irais pas jusqu'aux examens d'une discipline à laquelle je n'arrivais pas à m'intéresser. Et je n'avais noué aucune relation amicale, encore moins amoureuse.

Début soixante-dix, un parfum de liberté flottait dans les couloirs de la faculté. Les slogans et les mots d'ordre de l'époque, en grandes lettres rouges et noires, en éclaboussaient les murs et il eût été sacrilège de songer à les faire disparaître. On avait ébouriffé les cheveux, desserré les cravates et bousculé les interdits, mais ceux que je portais en moi étaient intacts : mai soixante-huit n'avait pas fait tomber mes inhibitions.

J'étais cependant conscient que je devais trouver une occupation, aussi, chaque fois que je passais devant le panneau du hall, j'y laissais traîner mon regard.

Sur l'annonce rédigée à la main deux mots m'attirèrent.

Quand ils ne m'appelaient pas *le grand taciturne*, mes parents, comme l'auteur de l'annonce, disaient de moi que j'étais un garçon *singulier*. Ma tendance à la solitude les inquiétait : enfant, je ne me mêlais pas aux jeux des autres et à l'adolescence, je préférais la compagnie de mes auteurs favoris à toute autre. Plus tard, rien n'avait vraiment changé et je ne me sentais pas davantage en harmonie avec ceux de ma génération.

Mais plus encore que *singulier*, c'est *Horville* sur l'annonce qui me poussa à noter le numéro de téléphone inscrit au bas de la feuille ; chargé du parfum d'iode et de varech qui régnait sur les étés de mon enfance, ce nom fit ressurgir des images oubliées. Je restais figé face au panneau, comme devant une grille rouillée dont les battants se seraient ouverts en grinçant. Horville n'apparaissait jamais au détour de mes conversations, pas plus que les souvenirs qui y restaient attachés. Cette station balnéaire reposait sous le sable : une cité enfouie dont le nom même appartenait à une langue morte.

Les conversations, les allées et venues des étudiants, les éclats de rire qui résonnaient dans le hall de la faculté laissèrent place au silence. Immobile, je contemplais le petit carré de papier qui venait de se transformer en carte postale, semblable à celles que proposait le tourniquet des Nouvelles Galeries, sur la promenade face à la mer.

Au-dessus du panneau des offres d'emploi subsistait l'une de ces affiches contestataires où claquait le slogan qui prit tout à coup l'apparence d'un message personnel : sous les pavés, la plage de mon enfance venait de me faire signe.

Chaque été, mon père nous accompagnait à Horville. Il nous y laissait, ma mère et moi, au début du mois de juillet, pour nous y rejoindre en août. Quand s'annonçait le départ, mes parents entassaient dans la voiture les pliants, le parasol, la glacière et le matelas pneumatique. Les quelques heures de voyage me paraissaient une éternité. Lorsque j'avais commencé à connaître mes chiffres, mon père m'avait désigné un compteur sur le tableau de bord. Pas le grand, m'avait-il dit, celui des kilomètres parcourus depuis l'achat de la voiture, mais l'autre, juste en dessous. Quand il afficherait 275 alors je pourrais apercevoir la ligne grise de la Manche derrière les flèches de La Délivrande. Nous n'empruntions jamais l'autoroute, mon père lui préférait les nationales, et nous avions l'habitude de nous arrêter pour un pique-nique à l'ombre d'une allée d'arbres. Notre salle à manger d'été, comme l'avait appelée ma mère.

Mon impatience grandissait pendant la seconde partie du trajet jusqu'à ce qu'enfin, à l'entrée de la ville, apparaissent le golf miniature et les tennis : nous étions arrivés à Horville.

L'hôtel des Flots : ses chambres vieillottes recouvertes d'un papier aux motifs toile de Jouy, la nôtre au premier étage, avec vue sur les voiles des régatiers. Le petit cabinet de toilette et mon lit, qu'un paravent séparait de celui de mes parents. Le bar où se retrouvaient les clients à l'heure de l'apéritif, au son du claquement sec des boules de billard sur le tapis de feutre. Les casiers à serviettes, avec leurs étiquettes au nom des pensionnaires. La verrière de la salle à manger, qui dispensait la pâle clarté de l'été sur des familles en short décortiquant étrilles et araignées de mer.

Le jardin de l'hôtel : son puits comblé débordant de géraniums, ses rosiers, sa balançoire et le cercle de béton délimitant l'aire de jeu. Au dire de mes parents c'était là que j'avais osé mes premiers pas, *très prudents*, ajoutait mon père. Tout au fond, derrière des noisetiers, un mur se dissimulait sous des pommiers en espalier. Au milieu de celui-ci, une porte défendue par une serrure interdisait l'accès aux ruines. Au-delà du faîte hérissé de tessons de bouteilles, on pouvait apercevoir le sommet d'un escarpement croulant sous la végétation : les vestiges du parc du Saut du Loup.

Le nom de la station balnéaire, qui avait attiré mon regard sur l'offre d'emploi, réveillait ces lieux, ainsi que cette période de ma vie. Je la croyais lumineuse, elle me revint endeuillée : les étés de mon enfance pouvaient-ils se résumer à ces clichés voilés de gris, comme l'était le ciel d'Horville ?

« Vous connaissez Horville ? C'est un bon point ! Si Iannis vous échappe, vous saurez peut-être où le retrouver ! »

Par le biais de sa secrétaire j'avais très vite obtenu un rendez-vous avec le père de l'adolescent *singulier.* Perché au sommet de la tour Nobel, son bureau de directeur du personnel dominait les chantiers de la Défense et, au-delà, tout Paris qui somnolait sous une fine couche de brume.

« Vous n'êtes pas étudiant en psychologie au moins ? »

Je lui répondis que j'avais abandonné cette discipline au bout d'une année.

« C'est un deuxième bon point ! Je n'ai pas envie que mon fils devienne un objet d'étude ! J'ai entendu assez d'âneries à son sujet ! Il est différent, voilà tout, pas nécessaire de lui coller une étiquette… »

Son costume, ses lunettes, son ton péremptoire me firent penser à mon père.

« Je veux juste m'assurer que Iannis est entre de

bonnes mains. Sa mère n'a pas le temps de veiller sur lui à plein temps, elle a besoin d'avoir l'esprit libre pour écrire. »

Aussitôt intéressé, je lui demandai si sa femme était écrivain. Ses mains esquissèrent un geste vague, qui semblait réduire à peu de chose l'activité littéraire de son épouse.

« Vous êtes trop jeune pour l'avoir lue, mais elle a connu un petit succès de scandale avec des romans… disons, particuliers. »

Qu'entendait-il par *particuliers* ?

« Ma femme était en avance sur son temps, elle a beaucoup souffert de ne pas être reconnue par le monde de l'édition. »

Il laissa échapper un soupir.

« Puis il y a eu les difficultés de Iannis, elle a tout lâché pour se consacrer à lui, mais maintenant que les mœurs ont changé, elle voudrait écrire de nouveau. Elle pense que ses livres seront mieux reçus aujourd'hui. »

Il me considéra en silence.

« C'est pour cela que vous êtes ici, jeune homme, mais avant tout il faut que nous soyons d'accord sur quelques fondamentaux. »

Mon sourcil interrogateur l'incita à poursuivre.

« Vous ne faites pas partie de ces jeunes soixante-huitards qui renient tous les principes que nous leur avons inculqués, j'espère ? Les fondamentaux, ce sont des valeurs sur lesquelles on construit sa vie. En fonction desquels, également, on recrute du personnel. Respect de la vie, respect de l'autre.

Refus absolu de l'humilier, surtout devant un tiers. »

Mon père, tout à fait mon père. J'ai repensé au tableau que celui-ci avait affiché autrefois dans la cuisine, qui édictait les règles régissant le bon fonctionnement de la vie familiale. Mon regard dut convaincre mon interlocuteur que je partageais ses convictions.

« Bon, vous semblez faire l'affaire. Je vais appeler mon épouse pour lui annoncer votre arrivée. Quand pouvez-vous être à Horville ? Sachant que le plus tôt sera le mieux. Elle me laisse entendre que ça devient de plus en plus difficile. »

Il leva les bras au ciel quand je lui demandai pourquoi son fils n'était pas pris en charge dans une institution spécialisée.

« Vous pensez que ça n'a pas été notre premier souci ? Il a passé quelques années en hôpital de jour, jusqu'à ses quatorze ans, l'âge limite paraît-il. Puis les ennuis ont commencé. Nous ne comptons plus les refus : tous les motifs y passent, toutes les excuses pour ne pas l'admettre. Seul un internat en Belgique nous a laissé un peu d'espoir : Iannis y est en liste d'attente, cela peut prendre un mois comme un an. Alors, en attendant, nous avons fait appel à des étudiants pour s'occuper de lui durant la journée. Mais pas un n'a tenu plus de quelques semaines. Tous, à un moment ou un autre, ont prétendu que la situation leur devenait insupportable... Certes, Iannis est un enfant difficile, mais de là à le qualifier d'insupportable ! »

Il griffonna une adresse et un numéro de téléphone sur un bout de papier qu'il me tendit.

« Vous qui avez passé vos étés à Horville, connaissez-vous la station hors saison ? Sans doute pas ! On ne peut imaginer plus calme ! C'est d'ailleurs ce qui a décidé ma femme quand nous sommes partis repérer les lieux. Un mois déjà que les derniers vacanciers ont plié bagages… c'est Morville maintenant ! »

Avec un petit rire je fis mine de lui trouver de l'esprit, tout en déchiffrant l'adresse de la villa : sur la jetée, face à la mer.

« Contactez mon épouse pour convenir avec elle de votre heure d'arrivée. Au départ de la gare de Caen vous avez un service de cars. Parlons des conditions, maintenant. »

Ayant à peine écouté sa proposition je lui affirmai qu'elle me convenait. Je serais bien sûr logé et nourri, ma mission durerait un temps indéterminé, la mère de Iannis ayant décidé qu'elle ne quitterait Horville qu'une fois son roman achevé. Une soudaine inspiration me fit répondre que je préférais m'y rendre en voiture, la deux-chevaux sur laquelle j'avais fait mes premières armes allait m'y mener.

« Alors c'est vous, l'heureux élu ? »

Au téléphone, la voix un peu rauque laissait percer une pointe d'ironie.

« J'espère que vous n'allez pas le regretter ! Quand pouvez-vous être là ? »

Une quinte de toux sèche coupa la phrase en deux. Je proposai à la mère de Iannis le lendemain, dans l'après-midi. Elle me précisa l'adresse, je lui répondis que je la connaissais.

« Venez plutôt le soir, quand il sera couché. Je préfère qu'il vous découvre à son réveil. Vous pouvez arriver à n'importe quelle heure, même très tard, je ne dors jamais avant minuit. »

L'idée de revoir Horville à la tombée du jour me plut. Je prendrais la route vers le milieu de l'après-midi, il me faudrait quatre ou cinq heures pour atteindre la côte de Nacre. Il me restait à prévenir mes parents, rassembler quelques affaires, jeter dans mon sac Flaubert et Rimbaud, que je voulais relire, et en route !

Ma mère s'inquiéta de la durée de ma mission, mon père se demanda s'il serait bénéfique pour moi d'aller m'enfermer avec un jeune débile, mais ils étaient satisfaits que j'aie enfin trouvé un emploi, à Horville en plus, où nous avions tant de souvenirs. Ils m'interrogèrent sur la profession des parents de Iannis. Un père chef du personnel au sommet d'une tour de la Défense avait tout pour les rassurer ; il n'en serait sans doute pas de même pour un auteur de romans *particuliers*, aussi je choisis de leur taire l'activité de la mère du jeune garçon.

La deux-chevaux, tirée d'un long sommeil, consentit à démarrer après quelques essais infructueux et j'empruntai la direction de l'ouest, bercé par le grincement familier de ses vieilles tôles.

*Nous avons laissé un peu de chair sur la terre de notre enfance, un de nos cheveux entre les pierres d'un chemin, des fragments de notre peau sur l'écorce d'un arbre, un soupçon de larmes ou de sang sur le sol d'un jardin. Des fleurs s'y sont nourries de notre mémoire. En retrouverait-on la trace, preuve de notre passage en ces lieux ?*

Avais-je conduit en état d'hypnose ? J'avais déjà parcouru plus d'une centaine de kilomètres, le compteur l'attestait, mais je n'aurais pu détailler ni l'itinéraire, ni les panneaux de signalisation. D'instinct j'avais évité l'autoroute, pour me rabattre sur la nationale. Des villages déserts se succédaient, que je ne reconnaissais pas.

Le paysage me parut soudain familier, avec son pont de pierre et son marais hérissé de roseaux. A l'horizon, l'ombre d'un rideau d'arbres me rappela la halte obligée du voyage annuel, notre salle à manger d'été ! La procession des grands arbres s'approcha, mais au moment de pénétrer dans l'allée j'aperçus un rail de sécurité qui désormais en interdisait l'accès. J'eus tout juste le temps d'apercevoir la perspective des fûts, une nef d'ombre qui se referma aussitôt, emprisonnant mes souvenirs.

*Au cours de l'un de nos derniers voyages en famille, dans ce moment de quiétude, un abîme s'était ouvert sous mes pieds : l'appréhension d'une catastrophe imminente. Et si tout cela devait brutalement cesser, si la mort de mes parents venait détruire cette harmonie ? Si mon seul soutien m'abandonnait, si ces voix qui s'inquiétaient de mon bien-être se taisaient à tout jamais ? Brutalement je m'étais retrouvé seul, dans ce lieu devenu hostile, appelant sans fin et recevant pour toute réponse l'écho de ma voix, répercuté par la voûte des grands arbres.*

Une trentaine de kilomètres avant Horville, le jour commença à faiblir. Malgré mes sollicitations, un seul des phares de la deux-chevaux consentit à s'allumer. Le trajet m'avait paru beaucoup plus court qu'à l'époque où je guettais la progression des chiffres sur le petit compteur. J'avais conduit dans une semi-conscience. Seuls quelques rares moments avaient échappé à ce phénomène : la traversée de villages aux noms évocateurs, précédés maintenant de zones industrielles, de supermarchés.

Je m'arrêtai dans une station-service pour faire le plein. Accoudé à son comptoir un jeune homme en salopette bleue fumait, les yeux dans le vague, un transistor à son côté. Les échos d'un concert pop meublaient le silence, de temps à autre la voix d'un animateur vantait d'exceptionnelles promotions.

Après avoir avalé un sandwich, j'ai pris un café et allumé une cigarette. Le miroir du fond de la salle me renvoyait l'image d'un grand garçon triste, rendu un peu plus pâle par la cruauté des néons. Chaque gorgée de café, chaque bouffée de cigarette laissait s'insinuer en moi des questions que j'aurais aimé pouvoir écarter. Qu'allais-je faire dans ce lieu, dont plus de dix années me séparaient ? Je ne savais pas si je supporterais cet adolescent singulier. Qu'était-il au juste, ce Iannis ? Handicapé, débile, fou ? Je n'avais aucun goût particulier pour ces jeunes *différents*, mes cours à la faculté n'avaient éveillé en moi aucune vocation d'éducateur ni de thérapeute, bien au contraire. Et voilà que je passerais tout mon temps avec l'un d'eux, sur une plage dont ne me revenaient que de pauvres souvenirs gris ! Fallait-il rebrousser chemin ?…

J'avais affaire au retour du doute, ce terrible doute qui m'avait toujours empêché de passer à l'action, de m'engager, de choisir. Mais il ne m'aurait pas, cette fois. Le café au goût de carton était imbuvable, le moment était venu de quitter l'abri de la station-service, dans une demi-heure à peine je serais à Horville. La nuit venait de tomber et j'eus le sentiment d'abandonner un poste de garde planté sur une impalpable frontière, entre présent et passé.

Je repris la direction de la côte de Nacre. Cette partie du chemin me sembla plus familière, sans doute parce qu'à l'époque je sortais de ma somnolence pour guetter l'apparition de la mer.

Le ciel laissait entrevoir quelques étoiles à travers scs nuages déchirés et je conduisais au ralenti, pour m'accorder encore un délai avant d'atteindre mon but. La présence de la mer se devinait, à droite, derrière les villas.

A l'entrée de la ville, dominés par les squelettes des chaises d'arbitres, les courts de tennis sommeillaient sous les feuillages. La nuit veillait les rues désertes, les arbres qui commençaient à se dénuder, les villas et leurs plantations tapies sous des paillons. J'étais de retour à Horville. Je m'arrêtai un instant à l'orée de la station, comme pour reprendre mon souffle. Aucune lumière aux fenêtres ne signalait une quelconque présence : enfant, je me demandais si Horville avait une existence en dehors des mois d'été. A peine la vitre soulevée, une brise froide s'engouffra dans l'habitacle et la tête me tourna. Chargée de l'arôme épicé de l'iode, la mer encore invisible imposait sa présence.

J'allai garer la deux-chevaux près du hangar à bateaux, je saisis mon sac à dos, enfilai mon manteau et me dirigeai vers la plage en m'engageant sous le tablier du pont qui enjambait l'hivernage des voiliers.

Le vent me frappa cette fois de plein fouet. L'humidité aiguisait les senteurs de l'air marin, varech, coquillages, sable humide. On n'oublie jamais un parfum : étourdi, j'en retrouvais l'exacte composition, la note de tête, les harmoniques. Je m'avançai pour découvrir la plage dans son entier.

A ma gauche la langue de sable filait jusqu'à la falaise dominée par l'ombre du blockhaus, à ma droite l'étendue se perdait dans la nuit ; au-dessus de moi se dressaient les contreforts de la jetée. Les réverbères projetaient leur halo sur la longue rangée des cabines ; sous la lune, le sable tassé par la pluie semblait uniformément blanc et la marée haute faisait entendre son clapot. La mer étale, aussi noire que le ciel, ouvrait sur l'infini. Je m'approchai de la grève, là où le sol devenait un crissant mélange de galets et de coquillages puis, tournant le dos à l'étendue sombre, hostile, je contemplai le front de mer.

Seules les couleurs d'autrefois s'étaient dissipées, recouvertes par le gris et le blanc de ce cliché lunaire. Serrées les unes contre les autres, les villas, sentinelles endormies, alignaient face à la mer leurs volets clos et leurs portes condamnées. La promenade déserte déroulait son bitume, des flaques d'eau réfléchissaient la lueur des lampadaires. Conscient de retarder le moment de franchir le seuil de la maison où m'attendait la mère du garçon singulier, je pris mon temps pour longer les terrasses, séparées de la promenade par des barrières de bois peintes en blanc.

Enfin, j'arrivai devant la villa. Je la reconnus aussitôt : je passais devant elle le soir, au cours de ma promenade solitaire, attiré par le spectacle des jeunes élégants qui buvaient en écoutant du jazz. Son pignon à colombages avait traversé le temps sans trop souffrir. De la lumière filtrait au travers des doubles rideaux de l'une des portes-fenêtres qui ouvraient sur la terrasse. Aucune silhouette nonchalante dans un fauteuil, pas le moindre écho de jazz, mais le doute étendait de nouveau son ombre sur la façade. Pour lui échapper, il me fallait encore un détour.

Je dépassai la villa pour pousser jusqu'à la Guyfranpierre, massive et sans grâce, avec son bow-window et son clocheton surmonté d'une girouette. Plus loin encore j'ai retrouvé la Villa Moderne, tout en béton, avec ses angles aigus et ses larges baies vitrées. Qu'étaient devenus les occupants des lieux, ces enfants qui distrayaient les jours de pluie de parties de nain jaune et de rami ? Je n'avais gardé contact avec aucun d'entre eux après mon dernier été à Horville. Comme après chaque année de lycée, j'avais coupé tout lien. Sans doute, comme moi, avaient-ils à l'adolescence préféré le soleil de la Méditerranée.

La barrière qui entourait les installations du club des Goélands se trouvait toujours en contrebas, surmontée d'un panneau orné d'oiseaux marins. Au centre de l'enclos, le toboggan ressemblait à un monstre endormi. La tentation était grande de descendre sur le sable, mais l'heure tournait. Pas question non plus de pousser jusqu'aux Flots, d'autant qu'une bouffée d'angoisse m'envahit à l'idée de revoir l'hôtel.

Cette fois je ne pouvais plus retarder le moment de me rendre à mon rendez-vous ; derrière les rideaux du salon, la mère de Iannis m'attendait. Quelques marches à franchir, la terrasse à traverser et je frappai à la porte. Je reconnus la voix qui m'avait répondu au téléphone, du fond de la maison elle me cria d'entrer.

# II

# II

*Qu'un grain se glisse dans la blessure si mal refermée et tout bascule : amours, rêves, certitudes. Notre chemin se perd sous le sable, pierre sans mémoire qui coule entre nos doigts, chair des destins fragiles, ciment des châteaux éphémères.*

La petite entrée, où pendaient manteaux de pluie et cabans, ouvrait sur le séjour. Faiblement éclairé il était encombré de meubles de récupération, disparates, qui donnaient à la pièce l'aspect d'une brocante. A gauche, la dernière volée de marches d'un escalier se perdait dans l'ombre de l'étage. Face à l'entrée on devinait la salle à manger, communiquant avec la cuisine dont une partie était aménagée en véranda. Au-delà des vitres, les buis d'un jardin de curé scintillaient sous la lune. Le cliquetis d'une machine à écrire m'attira vers le séjour. Devant les doubles rideaux de la porte-fenêtre, un halo de lumière isolait un bureau sur lequel trônait une Remington portative. Une cigarette posée sur le bord d'un cendrier achevait de s'y consumer. Une femme mince écrivait, ses doigts courant à une vitesse impressionnante sur le clavier. Je ne distinguais d'elle qu'un dos étroit, tendu par la concentration et de longs cheveux auburn maintenus par une pince dont ils tentaient de s'échapper. Lorsqu'elle m'entendit refermer la porte, elle écrasa lentement sa cigarette, tourna la mollette de sa machine pour libérer la feuille sur laquelle elle travaillait et la fit disparaître dans un des tiroirs du bureau, avant de se retourner.

Elle n'était pas belle, mais son visage m'impressionna. Son nez un peu fort, le pli d'amertume de sa bouche et ses yeux si noirs, où l'iris ne se distinguait pas de la pupille, donnaient à ses traits un caractère brutal, accentué par le désordre de ses cheveux. Elle se leva et m'inspecta, un peu plus longuement que nécessaire, ce qui me mit mal à l'aise. Face à face, nous nous observions et j'hésitais à rompre le silence, sentant qu'elle en prendrait l'initiative. Malgré une quarantaine largement dépassée, elle avait conservé une silhouette adolescente, qu'elle enveloppait dans un grand pull d'homme aux manches roulées jusqu'aux coudes. Soudain, comme satisfaite de son examen, elle relâcha ses épaules et consentit à sourire, me tendant une main sèche et énergique. Ses dents parfaitement rangées brillèrent dans l'obscurité, communiquant leur éclat à son regard sombre.

« Je suis Helena. Vous êtes Louis, c'est bien ça ? »

Elle s'inquiéta de savoir si j'avais dîné, si mon voyage s'était passé sans encombre et proposa de me montrer ma chambre. Me précédant, elle gravit l'escalier, rapide et légère. Je ne pus m'empêcher de contempler ses hanches fines, moulées dans un jean. Au premier étage, un couloir donnait sur une salle de bains ; il desservait à droite la chambre des parents dont j'apercevais le grand lit, et à gauche deux chambres, celle de Iannis, dont la porte était close, commandée par la mienne, qui me rappela celle que nous occupions à l'hôtel des Flots. Helena me proposa de m'y installer puis de redescendre boire un verre en sa compagnie.

Une nouvelle cigarette se consumait déjà entre ses doigts. Elle me proposa un calvados avant que nous nous installions, elle sur un canapé défraîchi, moi sur la copie d'un fauteuil Voltaire.

« Il était temps que vous veniez, je crois que je suis arrivéc au bout de mes capacités maternelles. »

Son visage fermé, impatient, ne me laissait guère imaginer quel genre de mère elle pouvait bien être. Une gêne s'installa, que je choisis de dissiper en lui demandant de me parler de Iannis.

« Il vaut mieux que vous le découvriez vous-même, ce que je pourrais vous dire de lui vous influencerait, et pas forcément dans le bon sens. Je lui ai parlé de votre venue, il sait où vous dormirez, il ne sera pas surpris de vous trouver dans la chambre d'amis à son réveil. »

Comment son fils avait-il réagi ? Elle eut un rire bref, qui déclencha une quinte de toux.

« On ne sait jamais comment Iannis réagit. Pas comme nous, en tout cas. »

Qu'avait-il répondu, alors ?

« Notre fils ne parle pas. Mon mari ne vous a pas prévenu ? Mais de quoi avez-vous donc discuté, tous les deux ? Ah ! D'Horville sans doute, que vous connaissez bien, il me l'a dit. »

Je fis part à Helena de l'émotion que je ressentais à retrouver la plage où j'avais passé tant d'étés. Elle m'interrompit :

« Jérôme vous a parlé de mon projet ? Du temps dont j'avais besoin pour écrire ? »

Lorsque je lui dis mon goût pour la littérature, elle me demanda quels étaient mes livres de chevet. Mes auteurs préférés firent passer une lueur ironique dans son regard :

« Vous êtes bien classique dans vos choix ! Mon mari vous a dit sur quel genre de roman je travaillais ? »

Et elle poursuivit, sans me laisser le temps de répondre.

« Particuliers, sans doute ! Il a dû vous dire que j'écrivais des romans particuliers, c'est ainsi que Jérôme appelle les livres érotiques… Et je suppose qu'il a insisté sur ses fondamentaux… »

En prononçant ce dernier mot elle dessina dans l'air un geste vague, semblable à celui de son mari lorsqu'il avait évoqué l'activité littéraire de son épouse. Pensive, elle marqua une pause.

« Notre fils est tout à fait inapte aux relations humaines, dont son père fait profession, et il ne sait ni lire ni écrire, bien qu'il ait une mère écrivain ! Et de plus, Iannis ne parle pas. Mais il a de nombreux moyens de se faire comprendre… Pas toujours adaptés, c'est le moins qu'on puisse dire, surtout de la part d'un garçon de seize ans ! »

Elle eut un long soupir puis m'interrogea sur mes études et sur mon parcours, que je lui résumai.

« Indécis, n'est-ce pas ? »

Elle leva son verre en me fixant de son regard sans fond.

« Et les amours ? » lâcha-t-elle brusquement, pour ajouter aussitôt :

« Je plaisante, bien sûr ! »

La romancière avait sans doute repris le dessus, à l'affût de ce qui pourrait nourrir ses fictions. J'ai repensé aux deux filles avec lesquelles j'étais sorti cette année et que j'avais si vite oubliées. Toutes deux avaient mis fin à notre relation, prétextant que j'étais avare de mes sentiments, trop fermé sur moi-même. Elles n'avaient pas employé à mon propos le qualificatif *singulier,* mais c'était tout comme.

Le poids de la journée se mit à peser sur mes épaules. Helena dut s'en apercevoir car elle me proposa d'aller me reposer. J'acceptai volontiers, mais au moment de m'engager dans l'escalier il me parut difficile de m'endormir si près du garçon dont j'allais m'occuper, sans connaître son visage. Je demandai à sa mère s'il m'était possible de le voir, ne serait-ce qu'un instant et elle accepta. Une nouvelle fois elle me précéda dans l'escalier et traversa ma future chambre pour ouvrir avec précaution la porte de séparation. Elle me fit un signe puis s'avança dans l'obscurité jusqu'à une table de chevet pour allumer la veilleuse qui répandit sa lueur bleutée.

*Un pur Narcisse, penché sur son miroir. Ramenant tout à lui, à sa bouche immense qui se saisit du monde et dévore ce qui l'entoure. Force à nulle autre pareille, tapie dans un corps inachevé, désir sans limites blotti dans une âme incomplète : un enfant né d'hier, qui déjà voudrait être le seul et n'est pourtant rien sans l'autre.*

Dans le lit une forme se devinait, entortillée dans les couvertures. Iannis dormait en position fœtale, deux doigts enfoncés dans la bouche et je ne distinguais de lui qu'un profil délicat découpé sur l'oreiller. Une pointe du col de son pyjama masquait sa joue et seul un pli très marqué entre ses sourcils indiquait une tension que le sommeil même ne pouvait apaiser. Je fus saisi par la beauté de ce visage auréolé d'une masse de cheveux blonds, par la longueur de ses cils et la ligne de son nez, quand je m'attendais à un faciès déformé par les troubles psychiques. Helena le contemplait, elle aussi, sans que je puisse lire sur son visage quelle émotion la traversait. A ma surprise elle se mit à lui parler, d'une voix très basse :

« Nous sommes là, Iannis : Louis et moi. Il va s'occuper de toi et s'installer dans la chambre d'amis, juste à côté de la tienne. C'est lui qui a tenu à te voir avant de faire vraiment ta connaissance, demain. Voilà, tu peux dormir tranquillement, maintenant. »

Comme je m'étonnais de l'entendre s'adresser ainsi à son fils, dont rien n'indiquait qu'il perçoive notre présence, elle ajouta à mon intention :

« Les spécialistes nous ont toujours conseillé de mettre des mots sur tout évènement nouveau. Je ne suis pas certaine que cela serve à quelque chose, surtout quand il dort, mais il ne faut négliger aucune éventualité, sait-on jamais… »

Puis, d'un geste brusque de la main elle me fit signe de sortir, comme si elle me congédiait, et referma la porte sans bruit.

« Bonne nuit Louis, vous savez où est la salle de bains. »

Epuisé, je pensais sombrer dans le sommeil mais la vision du jeune garçon m'avait touché. J'éprouvais le besoin de revoir son visage et je me suis levé sans bruit pour ouvrir la porte de séparation. De nouveau la veilleuse illumina la chambre de sa lueur bleutée. Iannis n'avait pas bougé, ramassé sur lui-même il offrait toujours à mon regard son profil et ses cheveux emmêlés, mais au moment où je me penchai sur lui, il ouvrit les yeux. Dans un sursaut je me préparai à battre en retraite, mais la singularité de son regard m'immobilisa : ses yeux clairs fixaient un point bien au-delà de moi, comme si je n'étais pour lui qu'un spectre sans consistance. Je choisis de ne pas bouger, ses longs cils s'abaissèrent et il replongea dans le sommeil.

Je sortis de sa chambre sur la pointe des pieds pour me réfugier dans mon lit. Ces quelques secondes avaient suffi à m'éclairer sur mon trouble : ces cheveux en bataille, ce profil aigu, avaient réveillé l'un des plus chers souvenirs de mon enfance à Horville.

*Cette année-là, l'hôtel des Flots avait changé de direction. Les propriétaires avaient un fils avec qui je m'étais lié d'amitié. C'était la première fois que j'éprouvais un véritable attachement pour quelqu'un de mon âge et, le temps d'un été, Antoine et moi étions devenus inséparables.*

*Cette intimité, si nouvelle pour moi, était exaltante. Mon ami, qui avait toujours vécu avec ses parents dans des hôtels de la côte, connaissait tous les secrets de la plage et les partageait avec moi. A marée basse nous partions avec nos filets et nos paniers. Antoine sautait de rocher en rocher sans se blesser, j'admirais son instinct et son audace. Rien ne l'effrayait et parfois lorsqu'il retirait vivement sa main, un crabe accroché à l'un de ses doigts, il n'hésitait pas à croquer à pleines dents dans la pince pour faire lâcher prise à l'animal.*

*Au cours de nos balades dans l'arrière-pays, Antoine cueillait pour nous des provisions de mûres dont la chair tiède éclatait sous les dents. Je le voyais disparaître dans un froissement de branches dont il ressortait égratigné par les ronces, son visage constellé de taches de rousseur illuminé par un sourire : mon ami m'étonnait, mais aussi j'étais sensible à sa beauté de petit sauvage.*

*Le moment du départ m'avait paru plus douloureux que jamais. Horville s'éloignait, et surtout il me fallait quitter Antoine qui, en deux mois, m'était devenu la personne la plus chère au monde.*

Les yeux grands ouverts sur la nuit, au cœur du silence de la villa, je cherchais le sommeil mais les souvenirs remontaient. Ils insistaient, gagnant en précision, comme le portrait d'Antoine. Comment avais-je pu oublier ce visage ?

*A la fin de ce dernier été, pendant que mes parents chargeaient la voiture, mon ami m'avait remis un cadeau. Nous étions tous deux accablés à l'idée de ne pas nous revoir avant les prochaines grandes vacances : une année à traverser qui, à notre âge, paraissait une éternité.*

Ce paquet maladroitement ficelé, je refusai d'en déballer en pensée le papier froissé. Où était-il aujourd'hui, dans quel tiroir l'avais-je abandonné ? Ma mémoire s'autorisait une seule évocation : sur la route du retour, assis sur la banquette arrière, ce cadeau d'adieu serré contre ma poitrine, j'avais laissé le chagrin me submerger.

*La marée descendante dévoilait de larges langues de sable sur lesquelles gisaient les reliques d'anciens naufrages, casques à demi remplis d'une eau verdâtre, chaussures dépareillées, coffres éventrés laissant échapper armes et munitions. J'examinais ces trésors et poussais un cri de victoire devant un petit baril de poudre que je venais d'arracher au varech.*

J'avais trouvé le sommeil et je m'enfonçais dans un mauvais rêve, aussi sombre et froid que la mer vers laquelle je m'avançais. Tout à coup, je plongeais au plus profond des eaux troubles, où surgissait une ombre dans un nuage de bulles scintillantes. Cette ombre hantait mes nuits : j'en rêvais depuis des années. Sous une forme ou une autre, elle apparaissait toujours au détour de mes cauchemars récurrents.

*Le ressac ramenait inexorablement vers moi le frêle corps sans vie. Je distinguais ses yeux, grands ouverts, et sa bouche avide, qui se collait à moi.*

Je ressentis une morsure à la poitrine, une douleur vive qui m'éveilla en sursaut. Je n'étais plus seul sous les draps. L'aube à peine naissante baignait la chambre, sa clarté pâle enveloppait une silhouette allongée de tout son long contre moi. Iannis avait relevé mon tee-shirt et, les deux mains bien à plat sur mon torse, il me tétait le sein. Je sortais d'un cauchemar pour plonger dans un autre. Révulsé par cette sensation et sans pouvoir me maîtriser, je repoussai brutalement le jeune garçon hors du lit. Il en tomba avec un petit cri et, à peine relevé, s'asséna une gifle d'une incroyable violence. Gémissant, il se mit à se balancer d'avant en arrière, tout en mordant la main qui venait de le frapper. Etourdi, englué dans un demi-sommeil, je dus me convaincre de la réalité de cette scène, me ressaisir et m'approcher de la silhouette longiligne qui s'agitait en rythme. Je prononçai doucement son nom, lui rappelai le mien et posai ma main sur son épaule mais il se dégagea, comme frappé par une décharge électrique. Une seconde fois, je tentai de le toucher et cette fois il accepta mon contact. Il cessa de se mordre et son balancement s'atténua. De nouveau son regard me transperça. Je me décidai à saisir sa main, si fine, dont les longs doigts ne se refermèrent pas sur les miens et, avec précaution, je le raccompagnai jusqu'à son lit. Il s'y replia aussitôt en position fœtale.

Il me fut impossible de me rendormir. Le souvenir du cauchemar, ajouté à celui de la scène que je venais de vivre, m'en empêchait. Encore une fois je me demandais ce qui avait pu m'aveugler au point d'accepter un tel emploi. J'étais furieux contre moi-même : combien de temps allais-je tenir auprès d'un jeune cinglé, semblable à ceux que je croisais parfois sur mon chemin, pensionnaires d'une cour des miracles encadrés par des moniteurs résignés ? Pourquoi avais-je fait un tel choix ?

Rien ne bougea plus de l'autre côté de la cloison, jusqu'à ce que des tintements de vaisselle résonnent au rez-de-chaussée. Alors j'entendis grincer le lit de Iannis.

La poignée de la porte pivota, Iannis en poussa le battant, le referma puis l'ouvrit de nouveau, sans pouvoir se décider à franchir le seuil de sa chambre. Je lui dis bonjour de ma voix la plus douce. Il se balança quelques instants puis hasarda quelques pas dans ma direction. Son pyjama trop court lui donnait l'apparence d'un enfant qui aurait poussé trop vite. La beauté de son visage, accentuée par le fait qu'il n'exprimait aucune émotion, me frappa plus encore qu'au cours de la nuit. Il osa quelques pas et me tendit la main, ce qui – sa mère allait me l'apprendre – était loin d'être un geste simple pour lui.

« Eh bien ! Je vois que vous avez fait connaissance, tous les deux ! Et Iannis accepte que vous lui teniez la main, formidable ! »

Helena nous accueillit dans la cuisine, heureuse de nous voir apparaître, son fils et moi, en aussi bons termes. Ses yeux noirs ne me lâchaient pas pendant qu'elle m'interrogeait.

« Cette première nuit s'est-elle bien passée ? Il ne vous a pas dérangé, j'espère ? Son sommeil n'est pas toujours très calme. »

Elle soupira.

« Pas plus que ses journées, d'ailleurs ! »

Comment lui raconter une scène qui me paraissait sortie d'un rêve ? Je choisis le silence. Peut-être avec l'espoir naïf que le jeune garçon allait m'en être reconnaissant, comme tout adolescent avec lequel on crée une complicité. Parfaitement indifférent à la question, Iannis s'était précipité sur son bol de chocolat.

Durant le petit déjeuner Helena me précisa ma mission. Jusqu'à présent il lui avait été impossible de travailler dans la journée, Iannis nécessitant une surveillance permanente. Seule la nuit lui laissait le loisir d'avancer dans son projet, aussi elle s'épuisait. Elle me demandait de tenir compagnie à son fils, de le distraire, de le promener. Elle-même prendrait le relais les jours où je n'en pourrais plus.

« Je ne vous demande pas de l'éduquer, j'y ai renoncé, encore que j'aie insisté plus longtemps que son père… mais vous verrez que chaque activité, même la plus banale, devient une aventure avec lui ! »

Y avait-il des précautions particulières à prendre, des actes à éviter ?

« Oui, bien sûr, mais on ne peut les prévoir : ce qui l'amuse un jour peut le terrifier le lendemain… Pendant que j'y pense, pas de douche, c'est l'horreur pour lui ! Seulement des bains. Quant aux repas… je vous laisse les découvrir. Ah ! Aux toilettes vous restez avec lui, sinon ça peut durer des heures ! »

Suivit une série de recommandations dont je ne retins pas les détails mais Helena m'affirma qu'elle resterait à ma disposition pour tout renseignement concernant son fils. Elle me laisserait une liste des courses à faire, déjeunerait avec nous mais dînerait seule, face à sa machine à écrire. Elle désirait dorénavant se consacrer exclusivement à son roman.

Tentant de l'entraîner sur ce terrain qui me tenait à cœur, je lui en demandai le sujet, mais elle me répondit qu'une forme de superstition l'empêchait d'en parler avant qu'il ne fût achevé. Une nouvelle fois ses yeux plongèrent dans les miens.

« Mais vous en devinez le thème, puisque mon mari vous a dit quel genre de livres j'écrivais ! »

A l'inverse du regard de son fils, celui d'Helena ne vous traversait pas : il vous fouillait au plus profond, jusqu'au malaise.

Iannis et moi sommes remontés dans sa chambre. Je l'ai aidé à se débarrasser de son pyjama, pour constater que sa frêle anatomie était celle d'un enfant : parfaitement imberbe, une poitrine creuse, un sexe de petit garçon. Je l'ai pris par la main pour le conduire vers la salle de bains. Il ne fit aucune difficulté pour se glisser dans la baignoire où j'entrepris de le savonner, non sans ressentir une certaine gêne au contact d'un corps inconnu, du même sexe que le mien. Il prenait plaisir aux soins que je lui apportais, l'ombre d'un sourire flottant sur ses lèvres. Après l'avoir rincé, je lui demandai de patienter un instant et me dirigeai vers le placard du couloir pour y saisir une serviette.

Lorsque je revins, Iannis n'était plus dans la baignoire. La couche de mousse et la surface sans remous me firent tout d'abord penser qu'il s'était échappé de la pièce durant mon absence. Je me précipitai pour m'en assurer et mon cœur fit un bond lorsque, me penchant sur la baignoire, j'y découvris un noyé serein reposant sur le fond, les yeux grands ouverts, fixant le plafond à travers la surface de l'eau. Le même sourire énigmatique n'avait pas quitté son visage. L'image du fantôme de mon rêve, dans son nuage de bulles scintillantes, vint se superposer à la scène. Paniqué, je tentai de redresser Iannis, mais son corps se mit à peser, sa peau à glisser entre mes mains jusqu'au moment où ses bras jaillirent dans un éclaboussement pour m'enlacer et m'entraîner à sa rencontre. Il me fallut toute mon énergie pour résister et hisser hors de l'eau un Iannis toujours souriant, dégoulinant et qui ne semblait pas ressentir le besoin de reprendre son souffle, ce qui était loin d'être mon cas. Haletant, épuisé, je ne laissai rien paraître de la terreur qui m'avait gagné, je le séchai énergiquement, le frictionnai, éprouvant sous la serviette l'étroitesse de son torse et la fragilité de ses os.

Il nous fallait maintenant respecter le programme de la journée, tel qu'Helena l'avait établi. J'emmenai Iannis faire quelques courses pour le repas. Il vagabondait entre les rayons, le regard ailleurs, semblant indifférent à ma présence mais, tel un chat, il ne me perdait jamais de vue et ne s'éloignait pas réellement de moi. Sa curieuse démarche, en déséquilibre permanent, avait quelque chose de fascinant, ses bras, comme les ailes d'un oiseau pris aux mailles d'un filet, s'agitaient de façon désordonnée. Les rares clients que nous croisions ne pouvaient détacher leur regard de la frêle silhouette dégingandée qui vacillait à mon côté, frôlant les étalages et laissant craindre à chaque instant une chute qui aurait entraîné l'effondrement de quelque pyramide de conserves.

A midi, nous avons déjeuné tous les trois. Iannis, voûté sur son assiette, en répandait une grande partie sur la table, buvant de grandes lampées d'eau et fredonnant une étrange mélopée. Helena mangeait en silence, de toute évidence plus préoccupée par l'avancée de son travail que par son fils ou par le souci d'animer la conversation. De temps à autre, elle interrompait sa rêverie pour laisser errer un regard indéchiffrable sur nous deux, regard que je m'efforçais de ne pas croiser. Je me rendis compte qu'il me tardait de me retrouver seul avec Iannis, qui me mettait moins mal à l'aise que sa mère.

Le temps était maussade. Indissociables, le ciel et la mer se fondaient en une masse grise, la station ramassée frileusement sur elle-même semblait attendre des jours meilleurs mais, la pluie ne se décidant pas à tomber, nous pouvions envisager de passer l'après-midi sur la plage. Helena se retira, une tasse de café à la main, et je proposai à Iannis de me suivre sur la jetée.

Débarrassée de ses parasols, de ses serviettes multicolores et de la foule des baigneurs, la plage me parut immense. Pour la première fois je la découvrais en automne et la brise qui redressait les herbes sèches donnait au sable l'apparence d'une peau hérissée par le froid. Iannis s'était déjà installé près de l'eau. Accroupi, il jouait comme un tout-petit avec un seau qu'il remplissait pour le vider aussitôt. Je compris que cette activité pourrait bien occuper toute son après-midi, aussi je sortis de ma poche le livre que j'avais emporté avec moi : une fois de plus, Rimbaud allait me tenir compagnie. De temps à autre, relevant les yeux, je contemplais l'étendue déserte dont aucun obstacle ne venait briser la fuite vers l'horizon.

Dix ans plus tôt, j'assistais aux jeux de la joyeuse troupe d'enfants qui s'amusaient ici. Liés par des habitudes, soudés par des souvenirs remontant à leurs premières années, tous pensaient être nés là et partageaient le sentiment de se connaître depuis toujours. Je ne me sentais pas des leurs et, s'il m'arrivait de participer à leurs amusements, j'en restais la plupart du temps spectateur, un livre sur les genoux. Les pieds dans le sable, je regardais de loin leurs courses sur la grève et leurs cris venaient se mêler à la voix de mes héros de papier.

*La saison commençait lorsque les volets gonflés d'humidité libéraient les effluves des villas abandonnées à leur hiver, une série de façades attaquées par le sel, zébrées par les coulées brunes des embruns. A peine sorti de la voiture de mes parents je courais dans l'allée de gravier qui menait de l'hôtel des Flots à la jetée pour apercevoir la mer et me saouler du parfum de l'iode.*

*A la compagnie des autres enfants, je préférais la contemplation des noirs paquets de varech charriés par la marée, des nuages bas courant sur les vagues, du ballet des mouettes au-dessus des eaux grises. Deux mois de l'année je me réfugiais dans cette atmosphère mélancolique, si bien que la fin de l'été me voyait déchiré lorsque mes parents chargeaient le coffre de leur voiture. Les adultes se livraient à de vains assauts de mondanités, déjà projetés dans leurs soucis professionnels, indifférents à ceux qu'ils saluaient, ces relations dont ils ne savaient rien.*

*Assis à l'arrière de la voiture, je gardais le silence, abandonnant sur le sable humide, dans l'ombre salée des cabines de bain, cette part de moi-même qui disparaîtrait dans les bourrasques de l'hiver.*

Afin de rompre la monotonie de ses transvasements, je proposai à Iannis de m'accompagner pour une promenade sur la grève. Il me suivit, sans se séparer de son seau. La mer crachait une écume blanchâtre sur les galets, balayant régulièrement la bande pâle recouverte de mousse.

Nous faisions face à l'étendue grise parcourue de frissons, tandis que des escadrilles de mouettes tournoyaient au-dessus de nos têtes, emplissant le ciel de leur cri plaintif. Je retrouvais intacts le charme et la mélancolie qui avaient bercé mon enfance. Les yeux de Iannis avaient pris la teinte des nuées et contemplaient un monde inaccessible, loin derrière l'horizon. Emu par cette vision, je me surpris à parler devant mon compagnon muet, aspiré par un silence qui semblait m'inviter à réveiller mes souvenirs. Sans me soucier de ce qu'il pouvait en saisir, je me mis à évoquer mes vacances d'autrefois, je lui décrivis Antoine, qui lui ressemblait tant. Je lui racontai que c'était au milieu de ces débris rejetés par la mer que mon ami et moi récoltions de quoi enrichir notre collection de grains de café, ces délicats coquillages dont nous faisions des bracelets. Mais la plus précieuse de nos trouvailles demeurait une énigme, car personne à Horville n'avait pu nous en expliquer la provenance : tous les habitués de l'endroit connaissaient pourtant ces trésors abandonnés sur la plage. A la marée descendante, les enfants s'amusaient à les rechercher au milieu des algues et des coquilles vides. Les premiers, tiges rigides couleur d'ambre, semblables à des algues séchées, étaient les moins rares, les seconds, petits tubes d'un noir profond perforés à chaque extrémité, se dénichaient plus difficilement et c'était toujours une victoire que d'en découvrir un.

*Les mèches et les salières : c'était Antoine qui avait donné leur nom à ces trouvailles qui, lorsqu'on les enflammait, se consumaient avec le sifflement d'un feu de Bengale. Chaque jour une quantité de ces objets mystérieux s'échouait sur la grève et mon ami était persuadé que cette inépuisable manne déposée par la marée avait servi de combustible aux obus de la dernière guerre, engloutis au large depuis plus d'une décennie.*

En trouvait-on encore aujourd'hui ? Je proposai à Iannis de ratisser avec moi le tapis de coquillages brisés, dans l'espoir de découvrir l'un de ces objets. Quelques instants plus tard il s'accroupit non loin de moi pour remuer distraitement le sable du bout des doigts, le regard tourné vers le ciel. Après avoir retourné quelques mètres de débris je poussai un cri de joie en découvrant une mèche. Rigide, ambrée, fidèle à mon souvenir, elle m'attendait au milieu d'un nid d'algues. Je la montrai à Iannis, qui sembla ne lui accorder aucune attention, et lui annonçai que nous la ferions brûler à notre retour.

Tout à la joie enfantine de renouer avec cette occupation d'autrefois, je n'avais pas vu tourner l'heure et il était temps de rejoindre la villa. Nous avons remonté les escaliers qui menaient à la jetée, Iannis accroché à son seau et moi, serrant dans ma main la mèche découverte à la plage.

Du salon nous parvint la petite musique du clavier de la Remington. Helena s'inquiéta de savoir si notre après-midi s'était bien passée, puis replongea dans son activité sans davantage se soucier de nous.

Arrivé dans la chambre j'aidais Iannis à se déshabiller ; il s'exécuta sans gémir et ne tenta pas de se mordre, comme chaque fois que l'on manifestait une exigence, mais je remarquai qu'il ne se servait que d'une main, l'autre demeurant obstinément fermée. Sa mère m'avait prévenu : il avait tendance à chaparder de la nourriture, gâteaux, bonbons, qu'il déposait ensuite sous son oreiller et que l'on retrouvait au matin, poisseux ou écrasés, quand ce n'était pas collés à ses cheveux. Je m'approchai de lui et lui demandai de me montrer ce qu'il cachait. Il résista lorsque je tentai de desserrer ses doigts, commençant à se balancer, puis il céda et ouvrit sa main pour en déposer le contenu dans la mienne. Au creux de ma paume humide, mêlé à du sable, luisait un petit tube noir percé de minuscules orifices : une salière, le plus rare des trésors de mon enfance.

Pourquoi ai-je choisi de garder le silence sur cet épisode ? Pourquoi me suis-je contenté de serrer Iannis dans mes bras, pour le remercier du précieux cadeau qu'il venait de me faire, sans me précipiter au rez-de-chaussée pour raconter à sa mère ce qui venait de se produire ? Peut-être en raison d'un doute, laissant place à l'éventualité d'un hasard, certes incroyable, mais qui pouvait expliquer la présence de cet objet au cœur d'une poignée de sable ramassée à l'aveugle. C'était probablement ce qu'Helena m'aurait répondu, et je n'avais aucune envie de supporter l'éclair d'ironie qui n'aurait pas manqué de briller au fond de ses yeux.

Mais je devais admettre que ce silence scellait une sorte de pacte entre Iannis et moi. Malgré ses yeux qui erraient, malgré les gestes mécaniques de ses bras, il avait été sensible à mon récit : mes vacances d'enfant, la plage, Antoine, les mèches et les salières. Je voulais croire qu'il avait été traversé par mon émotion et qu'une capacité d'attention hors du commun lui avait permis de dénicher au creux du sable humide l'un de ces trésors d'autrefois, qui avait échappé à mon regard.

Si peu de temps après mon arrivée, ma vision du jeune garçon se trouvait déjà bouleversée, mes préjugés balayés. Mes gestes mêmes s'en trouvaient modifiés, plus tendres, plus prévenants. Iannis, de son côté, n'avait rien changé à son comportement, il m'abandonnait ses doigts mais son regard absent flottait toujours, sans jamais rencontrer le mien.

Avant de l'aider à enfiler son pyjama, je l'accompagnai aux toilettes. Il s'empara de ma main pour me guider jusqu'au siège dont il releva le couvercle. J'avais écarté de mon esprit le fait que ma mission irait jusqu'à accompagner Iannis dans des moments aussi intimes. Jamais je n'avais encore été confronté à une telle proximité et, mal à l'aise, je laissai errer mes yeux au-delà de la fenêtre de la salle de bains en attendant qu'il ait terminé.

*Un jour à Horville, alors que j'étais encore très jeune, j'avais cru trouver la réponse aux questions que je me posais sur les mystères de l'enfantement. Ce qu'il me fallait expulser dans les toilettes de l'hôtel devenait un petit être s'échappant doucement de moi, dans un mélange d'effort et de plaisir. J'en avais alors eu la conviction : c'était ainsi que les mères donnaient la vie.*

La douleur de ma main, soudain broyée par la sienne, me fit me retourner vers lui. Son visage, jusque-là impassible, exprimait une panique absolue et son gémissement s'était transformé en un cri strident. Il bondit du siège, se retourna et voulut plonger sa main dans la cuvette. Je réussis à l'en empêcher mais je fus surpris de comprendre dans l'instant son geste, qui pourtant semblait fou : une part de lui-même allait disparaître dans les canalisations, il lui fallait éviter à tout prix ce désastre. Afin de l'apaiser, je saisis doucement l'arrière de sa tête et l'appuyai contre ma poitrine en lui chuchotant des paroles rassurantes. On ne tirerait pas la chasse, c'était promis.

A ce moment précis je sentis peser sur mes épaules le poids d'un regard. Helena, appuyée au chambranle, sa cigarette à la main, contemplait la scène.

« Une semaine qu'il n'y était pas allé, bravo Louis ! Enfin vous savez maintenant à quoi vous aurez droit à chaque fois. Mais vous vous y ferez, vous verrez, on se fait à tout avec Iannis ! »

Aucun doute, elle avait choisi de ne pas me prévenir, pour évaluer mes capacités à supporter la situation. Et à en juger par sa remarque, j'avais remporté l'épreuve. Une ombre dans ses yeux me laissait cependant penser qu'elle n'en ressentait pas que de la satisfaction.

Avant le dîner, je tins ma promesse. J'emmenai le jeune garçon dans le jardin de curé qui prolongeait la véranda et je vidai un peu de sable dans une assiette pour y piquer la baguette jaune et le petit cylindre noir, comme deux bougies sur un gâteau. Il suffit que j'approche une allumette de mon installation pour que la plage miniature s'embrase avec un sifflement strident. Iannis fixa tout d'abord l'assiette sans un mot, puis s'en écarta dans un sursaut. Effrayé par le bruit et les étincelles, il s'enfuit vers la cuisine en poussant un cri perçant.

Des images, des parfums me revinrent soudain à la vue de ces flammes jaunes et, resté seul dans le jardin, je me demandais quel anniversaire j'avais choisi de célébrer, avec ces étranges bougies.

Les jours suivants s'écoulèrent selon le rythme fixé par la mère de Iannis. Notre périmètre se restreignait à la maison, au magasin d'alimentation et à la plage. Lorsqu'un timide rayon se hasardait à percer les nuages, Helena nous accompagnait. Elle avait trouvé, accrochée à un clou de l'entrée, la clef de la cabine ; un jeu de croquet, des ballons et trois ou quatre chaises longues y attendaient le retour de l'été. Helena aimait s'asseoir sur le seuil, pendant que son fils et moi arpentions la plage. Iannis effleurait le sable, toujours au bord de la chute, faisant jaillir sous ses pieds de petits nuages de poussière sur lesquels il donnait l'impression de planer. Un carnet sur les genoux, la cigarette aux lèvres, sa mère nous regardait distraitement, puis remplissait de son écriture fine des pages qu'elle taperait le soir sur sa Remington. De mon côté, pour renouveler l'expérience, j'avais à plusieurs reprises tenté d'entraîner Iannis à la recherche de mes trésors, mais il ne voulait plus s'approcher de la bande de galets et de coquillages brisés sur laquelle venaient mourir les vagues. Sa découverte de la salière était peut-être un effet du hasard, où mon imagination enflammée avait voulu voir un acte intentionnel.

Pour le moment je n'éprouvais aucun besoin de pousser, au-delà de ce cercle limité, mes explorations avec le jeune garçon. Un jour prochain, sans doute, je lui ferais découvrir d'autres lieux, rendez-vous que je ne cessais de remettre au lendemain. Mais de nouvelles rencontres m'attendaient, celles-là impossibles à repousser, avec l'étrangeté de Iannis.

Le rythme répétitif des journées me faisait perdre la notion du temps. Depuis quand étais-je à Horville ? Il m'aurait été difficile de le dire précisément.

L'après-midi que nous avions passée à la plage n'avait été marquée par aucun évènement particulier ; *L'Education sentimentale* sur les genoux, j'avais une fois encore suivi la quête amoureuse de Frédéric auprès de Sophie Arnoux, pendant que Iannis jouait sur le sable. Ce soir-là Helena s'était retirée, comme à son habitude, avec son plateau repas. Quelques instants plus tard les touches de sa machine résonnaient dans le salon, pendant que je m'affairais à préparer notre dîner. Sur la table de la salle à manger j'avais disposé une boîte d'aquarelle, un pinceau et du papier, afin de faire patienter Iannis. Intéressé, il accepta de déposer quelques traces sur la feuille blanche. Passant la tête par la porte de la cuisine je constatai de loin que le papier se remplissait de signes multicolores et, heureux de lui avoir proposé un loisir qu'il n'avait pas repoussé, je lui dis que j'avais hâte de contempler son œuvre. Le temps de m'essuyer les mains, je le rejoignis dans la salle à manger : en quelques secondes, la feuille sur laquelle il se penchait avait été uniformément recouverte d'une couche noire. Toute trace de couleur avait disparu, comme engloutie sous une épaisseur de bitume.

Iannis me laissa lui saisir la main et le conduire à la cuisine. J'avais ce jour-là pris l'initiative d'acheter de la viande pour notre dîner et je l'incitais à attaquer son plat. Devant son regard horrifié, je compris trop tard mon erreur : Iannis semblait contempler les restes d'un animal mort, baignant dans une mare de sang. Je me préparais à une crise, mais lorsqu'il saisit son couteau et fit l'effort de trancher sa viande, sans doute afin de me faire plaisir, ce fut un cri aigu de douleur qui surgit, chaque fois que la lame entamait la chair rose. Pétrifié, je le regardais sans pouvoir esquisser un geste : sous mes yeux, Iannis se découpait lui-même.

Me ressaisissant, je me précipitai pour le délivrer de son assiette. Un claquement de talons se fit entendre et Helena surgit dans la cuisine, des éclairs dans les yeux. Furieuse, elle regarda la table.

« Jamais de viande, Louis ! Jamais, vous m'entendez ? Vous croyez que c'est par manque d'imagination que je vous demande d'acheter toujours les mêmes produits ? Pas d'initiatives de ce genre, je vous prie, faites simplement ce qu'on vous dit et nous n'aurons pas de problème ! »

Sans me laisser le temps de répondre, elle tourna le dos et repartit dans le salon. J'entendis le déclic de son briquet mais la course de ses doigts sur les touches ne reprit pas. Elle n'avait pas eu un geste vers Iannis qui se balançait, la tête entre les mains, pas un mot d'apaisement, elle avait seulement dirigé sa fureur contre moi.

*Faites ce qu'on vous dit !...* Furieux à mon tour, je ravalai toutes les reparties qui me venaient à l'esprit et je saisis les mains de Iannis entre les miennes. Elles s'y accrochèrent, leurs ongles plantés dans mes paumes. Pourquoi Helena ne m'avait-elle pas prévenu et pourquoi un tel changement d'attitude ? Je ne pus m'empêcher de penser qu'elle m'avait de nouveau mis à l'épreuve. Au fond de ses yeux, rendus plus noirs encore par la colère, j'avais vu briller une infime lueur de satisfaction : celle de m'avoir pris en défaut.

« Quand vous aurez couché Iannis, rejoignez-moi au salon ! »

Bien que la voix d'Helena se soit radoucie, je me suis tout de même inquiété de savoir si elle n'allait pas m'annoncer, après l'éclat du dîner, la fin de notre contrat. Quitter la villa, abandonner mes souvenirs sous les sables d'Horville, tout cela m'aurait plutôt soulagé. En revanche, faire mes adieux à Iannis me paraissait beaucoup plus difficile et c'est le cœur battant que je descendis les escaliers.

Deux verres nous attendaient sur la table basse. J'acceptai la cigarette qu'Helena me proposa et, mal à l'aise, je m'absorbai dans la contemplation des volutes de fumée. J'attendis qu'elle prenne l'initiative de rompre le silence, ce qu'elle fit au bout de quelques minutes :

« Les journées passent vite, n'est-ce pas ? Iannis ne vous épuise pas trop ? »

Sa voix était redevenue calme, amicale, il était évident qu'elle n'allait faire aucune allusion à l'incident qui venait de se produire.

Je lui assurai que mes journées avec son fils m'apportaient beaucoup et qu'il faisait preuve de capacités insoupçonnées. Toujours soucieux de préserver ma relation avec Iannis, je choisis de ne pas être plus précis. Elle ne me demanda pas de détails, mais fit entendre un petit rire qui, comme chaque fois, déclencha une quinte de toux.

« Je crois entendre les éducateurs qui s'occupaient de lui à l'hôpital de jour ! Ils avaient le chic pour "positiver", comme on dit ! Des capacités, sûrement... mais si vous viviez en permanence avec lui, vous seriez comme moi épuisé de chercher à les deviner, ces capacités ! »

Elle approcha son verre de ses lèvres, sans me lâcher du regard, avec cette insistance qui, une fois de plus, m'embarrassa. Ses yeux au fond des miens, elle ajouta :

« Son père n'y croit plus depuis longtemps, j'ai tenté de ne pas me laisser gagner par son pessimisme, mais maintenant je pense que c'est foutu. »

Son visage s'était défait, je crus qu'elle allait s'effondrer et je protestai pour le principe, ajoutant quelques banalités sur l'espoir qu'on ne doit jamais abandonner, mais elle me coupa :

« Seize ans ! Il a seize ans, il ne parle pas, ne lit pas, n'écrit pas, il lui arrive encore de se faire dessus, et vous venez me parler d'espoir ! »

Seule la blessure qu'elle ressentait face à un fils aussi énigmatique pouvait expliquer une telle véhémence. Elle remplit à nouveau son verre de calvados.

« Vous n'êtes là que depuis une semaine à peine et vous paraissez vraiment attaché à lui. Qu'est-ce qui vous intéresse autant chez mon garçon ? »

Davantage qu'une réponse, elle attendait de moi un éclairage nouveau sur l'étrange adolescent qui partageait sa vie. L'alcool aidant je me lançai, sans me soucier de sa possible réaction et m'autorisai à lui dire que son fils était branché sur nos pensées les plus secrètes, que telle une éponge, il absorbait nos émotions et nos angoisses. Je n'y avais pas particulièrement réfléchi, cette constatation m'était venue spontanément, provoquée par l'attente anxieuse que j'avais perçue chez Helena. Penchée vers moi, elle m'écoutait intensément, puis elle expira un long fil de fumée, comme un interminable soupir :

« Lorsque j'ai fait une dépression, il y a quelques années, il est tombé malade, vraiment malade… au point que j'ai cru que j'allais le perdre. »

Elle avait prononcé ces derniers mots pour elle-même. Ses yeux, comme ceux de son fils, avaient cessé de me fixer pour s'égarer, au-delà de moi, dans l'ombre qui nous enveloppait.

C'était la première fois que nous échangions aussi intimement. La tension palpable qui habitait la pièce s'était apaisée, les épaules d'Helena se relâchèrent et elle se laissa aller, le dos contre le dossier du canapé. Curieux d'en savoir un peu plus sur sa relation avec son fils, je lui demandai alors ce qu'elle préférait en lui.

« Sa beauté. »

Elle n'avait pas hésité et son regard perdu retrouva son éclat.

« Et vous ? » demanda-t-elle en retour, d'un ton presque enjoué. Je répondis que c'était la clairvoyance de Iannis qui me touchait le plus. Je n'aurais pu dire pourquoi ce mot m'avait échappé. *Clairvoyance*, j'étais certain que je n'aurais pu en trouver de plus juste.

« Et ce que vous aimez le moins ? » insista-t-elle avec une pointe d'ironie, comme si tout à coup, au soir d'une journée de vacances, nous jouions à une sorte de portrait chinois. Je n'eus pas à réfléchir : ce que je supportais le plus difficilement chez Iannis était sa souffrance. Elle hocha la tête, en guise d'assentiment, puis, dans un demi-sourire, son œil rivé au mien, elle ajouta, tout en se levant pour prendre congé :

« Moi, c'est son odeur. »

Et dans l'ombre de l'entrée, du haut des marches, se retournant avant de se retirer dans sa chambre, elle lâcha :

« Ce n'est pas comme la vôtre, jeune homme, qui est très douce. »

Mon verre à la main, je me suis attardé au salon. J'ai allumé une cigarette du paquet abandonné sur la table basse. Des pas ont résonné quelques instants au-dessus de ma tête et le silence de la nuit s'est installé sur la maison. Je repensais aux propos d'Helena. Sa dernière phrase m'avait troublé et laissait présager un tournant dans notre relation qui m'angoissait bien plus qu'il ne m'excitait. Quant à l'odeur acide qui émanait en effet parfois de Iannis, je me rendais compte que je n'y avais pas accordé d'attention particulière.

Me revint un souvenir. Un matin de juillet, un drame avait eu lieu sur la plage. Une petite foule de baigneurs s'était rassemblée, qui fixait un point à l'horizon. La mer et le ciel, tout comme en cette morte-saison, se confondaient. Une brise froide gonflait les parasols et seule une tache rouge, loin sur l'horizon, rendait au paysage ses véritables proportions. Sur la jetée, avec les autres enfants des Goélands, je regardais le canot des sauveteurs, filant vers une embarcation : un petit bateau gonflable qui diminuait à vue d'œil, poussé par le vent de terre. Longtemps cette vision m'avait obsédé et, les nuits qui avaient suivi, j'aurais voulu pouvoir oublier les cris de la femme, soutenue sur la plage par les badauds, qui tentait de leur échapper pour courir bras tendus vers la mer.

*Regardant droit devant moi, je fuyais ces bruits : le hurlement des pneus, suivi des insultes du conducteur. Je tenais à la main mes sandales de caoutchouc, encore recouvertes de sable. Le bitume brûlait sous mes pieds, seul détail auquel j'avais prêté attention pendant ma course. Figé au milieu de la route je venais de comprendre ce qui avait failli m'arriver : mes genoux tremblants effleuraient le capot d'une voiture de sport dont le chauffeur hurlait en m'injuriant. Evitant les regards des clients attablés à la terrasse de l'hôtel des Flots, j'avais poursuivi ma route, les jambes molles, les cris du conducteur fichés dans mon dos. Puis, hors de vue, je m'étais effondré contre un muret. J'avais failli mourir…*

*Après le drame de la plage, je m'étais précipité sur la route, sans prendre garde à la circulation, échappant de peu au pare-chocs de la voiture qui passait à vive allure devant l'hôtel. Cette route contre laquelle mes parents m'avaient prévenu, que je savais si fréquentée en cette période de vacances, je l'avais franchie tout à mes pensées, obsédé par le corps bleui du petit naufragé, disparu de son bateau de caoutchouc rouge.*

*Assis contre le muret, je m'étais alors aperçu avec horreur que, sous le coup de l'émotion, ma vessie s'était relâchée. Une tache, impossible à dissimuler, s'élargissait sur mon short et une sueur froide me recouvrait, suintant sous mes aisselles, mouillant mon torse. J'étais revenu à l'hôtel en passant par le jardin pour ne pas avoir à affronter les regards, pressé de me jeter sous la douche pour effacer l'odeur insupportable que je commençais à dégager.*

Cette odeur, j'en reconnaissais maintenant l'acidité chez Iannis, à chacune de ses crises : c'était l'odeur de la peur.

*Une procession d'ombres se déployait le long de la plage. Toutes venaient à ma rencontre. Assis sur le rebord de la digue je croyais reconnaître certains visages. Déchirant la brume, la silhouette floue d'un jeune garçon s'approchait, un doigt sur les lèvres il me demandait le silence. Et soudain une gifle venue de nulle part, comme un coup de griffe, me faisait porter la main à ma joue. Des grains de mica coupants, crachés par une bourrasque, m'avaient écorché, hostiles. La senteur du varech m'envahissait, gagnait en intensité, rendant peu à peu l'air irrespirable.*

Nauséeux, je me suis redressé brusquement dans l'obscurité de ma chambre. Une odeur suffocante se répandait dans la pièce et m'avait réveillé. Je sautai du lit pour me précipiter vers la chambre de Iannis et je crus défaillir en ouvrant la porte. Nu, assis au milieu du désordre de ses draps maculés, il s'enduisait de matière brunâtre. J'ai repensé à la couche de peinture dont il avait recouvert son dessin la veille. Avec un haut-lecœur, je m'approchai de lui pour mettre fin à ce désastre. Il se tourna vers moi, se leva et, les mains tendues, essaya de me toucher. L'idée du contact de ses doigts poisseux sur mon visage me fit crier de dégoût.

C'en était trop, je l'attrapai par le poignet pour le traîner vers la salle de bains, ignorant ses gémissements, et le jeter sous la douche : l'eau qui jaillissait du pommeau le fit se tordre de douleur comme s'il était attaqué par des jets d'acide. Sa mère avait raison, c'était pour lui un véritable supplice mais il n'était pas question de reculer. Je le maintins sur le bac, l'inondant de savon liquide, jusqu'à ce que les dernières rigoles d'eau brunâtre soient avalées par la bonde. Ne pouvant le laisser seul dans la salle de bains et pour, à mon tour, effacer sur moi toute trace, je me débarrassai de mon caleçon et le rejoignis sous la douche.

Nus tous les deux, les cheveux plaqués sur le crâne, grelottant sous une eau dont je ne pouvais me résoudre à stopper l'écoulement, nous devions offrir le plus pathétique des spectacles. A peine une dizaine de jours auparavant, je traînais mon ennui dans les couloirs d'une faculté et je pataugeais maintenant dans l'eau froide d'un bac de douche en compagnie d'un adolescent hurlant, couvert de déjections. En réaction à l'insupportable de cette scène, je sentis monter en moi un fou rire, qui s'acheva en crise de larmes. Plié en deux, hoquetant, je fis appel à toute mon énergie afin de résister au désir de jaillir hors de la douche, de m'emparer de mon sac de voyage, d'y jeter en vrac mes affaires pour fuir à toutes jambes. Désarçonné par ma réaction, Iannis cessa de crier, ses yeux plongèrent dans les miens et pour la première fois depuis mon arrivée, nous avons échangé un véritable regard, quelques secondes qui me parurent une éternité.

Je le séchai, avant de m'étriller avec une serviette propre, puis je mis ses draps dans la machine à laver, refis son lit et le recouchai, me forçant à lui parler calmement jusqu'à ce qu'il retrouve le sommeil. Mon cœur voulait s'échapper de ma poitrine. Il n'était pas question que je reste une seconde de plus dans cette chambre encore imprégnée de l'odeur qui m'avait réveillé. J'ouvris en grand la fenêtre puis je dévalai les escaliers, m'étonnant que ce remue-ménage n'ait pas tiré Helena du sommeil et, abandonnant mon poste, j'enfilai mon manteau et franchis la porte de la villa pour respirer l'air pur de la jetée.

Trop d'émotions contradictoires, trop d'évènements bouleversants me faisaient craindre le naufrage, après la morne traversée de ces dernières années. A mon grand étonnement, les comportements aberrants de Iannis ne m'avaient pas empêché de m'attacher à lui, même après cette nuit si pénible. Mes rapports avec Helena, depuis sa dernière phrase, laissaient entrevoir des perspectives que je refusais d'envisager : je n'étais certes pas venu à Horville pour y vivre une aventure amoureuse, encore moins pour satisfaire au caprice d'une femme qui ne m'inspirait pas. Mais surtout, et c'était pour moi le plus angoissant, j'avais à affronter le réveil de souvenirs restés à l'abri, comme remisés dans l'ombre de ces cabines alignées face à la mer. La quantité des rêves qui m'agitaient chaque nuit témoignait de leur retour, ils s'échappaient de leur gangue et, telle une marée d'équinoxe, envahissaient la plage pour monter à l'assaut de ma chambre.

Immobile sur la jetée, dans le halo d'un réverbère, je m'apaisais peu à peu. Le ciel d'encre masquait les étoiles et, par-delà le parapet, j'entendais résonner le faible écho du ressac. La fraîcheur de la brise me soulageait. Je me suis dirigé vers le panonceau du club des Goélands pour descendre sur le sable, sous le portique débarrassé de ses agrès, et j'ai gravi les barreaux de l'échelle du toboggan pour m'asseoir tout en haut, face à la pente. Enveloppé dans mon manteau, guetteur veillant sur la station, je devais ressembler à un oiseau de nuit, drapé dans ses ailes. De là-haut j'apercevais la digue dans son entier, du blockhaus jusqu'au jardin de la Baleine, les cercles réguliers de clarté que les réverbères dessinaient sur le bitume, la nappe grise de la mer avec au loin le clignotement des lumières du Havre. Au-delà des toits d'ardoise je devinais le clocher de l'église et l'enclos du petit cimetière qui l'entourait.

*Antoine et moi aimions nous y rendre quand nous étions désœuvrés. Nous parcourions les allées, redressant les vases renversés, les croix de bois couchées par le vent. Nous remettions de l'ordre dans les fleurs de plastique et soufflions sur la poussière qui recouvrait les photos des disparus. Mais les tombes devant lesquelles nous nous arrêtions le plus longuement étaient fleuries de blanc et de rose pâle.*

*La découverte d'un oisillon tombé du nid, d'une musaraigne éventrée par un chat, nous donnait l'occasion d'une cérémonie. Nous attendions le cou-*

*cher du soleil et derrière le bosquet de sureaux nous creusions un trou pour y déposer la petite créature. La terreur nous avait saisis un soir où, procédant aux funérailles d'un pigeon, nous avions allumé une rangée de mèches et de salières, pour ajouter à la solennité du moment. Lorsqu'elles s'étaient embrasées la terre avait soudain remué, comme si l'oiseau cherchait à sortir de sa tombe et nous nous étions enfuis au fond du jardin. Notre cérémonie avait troublé la tranquillité d'un repaire de mulots et les rongeurs s'en échappaient, effrayés par le sifflement des flammes.*

Une écume noire se déroulait au-delà des dernières maisons d'Horville : le bocage environnant, propice aux longues randonnées à bicyclette, dans les chemins creux ou à travers les vagues d'épis de blé que soulevait la brise d'été.

*Quel que fût notre itinéraire, Antoine et moi finissions toujours par aboutir sur l'une des vastes pelouses qui encerclaient la station. Protégées par des murs épais, surmontées de bannières étoilées claquant au vent, elles déroulaient le vert acide de leur herbe impeccablement tondue sur lequel tranchait la blancheur des croix alignées à perte de vue.*

*Horville avait connu les plus violents combats au moment du débarquement. Les anciens aimaient nous en faire le récit, Antoine et moi les écoutions, bouleversés : l'eau grise, dans laquelle nous grelottions, s'était teintée de pourpre lorsque les Alliés avaient été pris sous le feu des divisions allemandes et le sable, sur lequel nous jouions à la guerre, avait étanché le sang de ces soldats à peine sortis de l'enfance.*

*Enfants, plus que les adultes désinvoltes, nous savions ce qu'était le néant : nous étions sortis des limbes depuis si peu. Vifs, nous étions agités par cette sève qui rendait nos membres douloureux, étirant nos os comme des branches vers le soleil. La mort cependant nous hantait et nous la contemplions avec l'apparent détachement de ceux qui en avaient senti le souffle. Nous l'apprivoisions avec nos cimetières d'oiseaux, nos croix de brindilles. Elle nous était familière, chaque nuit nous la rappelait quand elle nous saisissait dans nos rêves.*

Le froid commençait à m'engourdir. Je redescendis du toboggan : Iannis ne pouvait rester seul plus longtemps, je devais retourner à la villa. Une fois franchi le seuil, je tendis l'oreille, en quête d'un gémissement ou d'un grincement de parquet, mais rien ne bougeait. La perspective de retrouver ma chambre ne m'enchantait pas et l'idée de dormir m'avait tout à fait déserté, aussi je traversai la véranda, pour me diriger vers le jardin sur lequel régnait une nuit noire. La brise était tombée, laissant place à un calme absolu. Le sol de gravier crissa sous mes pas et je tressaillis en apercevant, près du cercle de buis qui entourait un banc, le point rougeoyant d'une cigarette.

« Alors, vous y avez eu droit vous aussi ? »

Helena était assise sur l'une des chaises de métal, une tasse de café entre les mains. Elle savait déjà, n'était pas intervenue mais avait tout entendu et m'attendait là, comme si elle avait prévu que mes pas finiraient par me mener auprès d'elle.

« Les spécialistes ont de ces théories ! Vous savez ce qu'ils ont osé me dire, la première fois que c'est arrivé ? Pour eux, c'était la plus grande preuve d'amour que mon fils pouvait me donner ! Je vous passe les détails de leurs divagations, l'extérieur de son corps recouvert avec son contenu, comme une nouvelle enveloppe et le désir que sa mère soit incluse dans cette même bulle… voilà en quoi consistait la sublime preuve d'amour ! »

Avec un ricanement amer elle ajouta :

« Après cela vous comprendrez qu'il n'y avait plus qu'une solution pour passer des nuits tranquilles : un litre de Théralène pour Iannis, un flacon entier de Valium pour moi ! »

Puis, sans transition :

« Vous avez fait tourner la machine, j'espère ? »

Elle me proposa une tasse de café et nous sommes revenus nous installer autour de la table de jardin, malgré la fraîcheur, comme si nous retardions le moment de nous rapprocher de Iannis.

« J'ai toujours été seule à m'occuper de mon fils, vous avez dû le comprendre quand vous avez rencontré son père. Oh, bien sûr, j'ai eu de l'aide, des étudiants comme vous qui le prenaient en charge pendant la journée, mais ça ne durait jamais bien longtemps. Et il fallait prospecter de nouveau, expliquer… mais le désir d'écrire m'avait quittée, j'étais sèche… et j'ai sombré. »

Elle marqua une pause.

« Je ne sais pas pourquoi, mais j'ai l'impression qu'avec vous c'est différent, on dirait que vous vous êtes rencontrés, tous les deux. Il y a le lieu, peut-être, cette ville morte… et le fait que je sois vraiment décidée à ne plus me laisser bouffer, qui permet sans doute à Iannis de se détacher de moi. Mais ce qui va me sauver, j'en suis sûre, c'est ma décision d'écrire de nouveau et rien ne pourra plus m'en détourner, pas même mon fils. »

Au loin, la cloche de l'église d'Horville sonna quatre coups. Helena se leva, écrasa sa cigarette et fit le tour de la table. Je sentis son regard peser dans mon dos. Avant de se diriger vers la véranda elle effleura mon épaule.

« Vous me plaisez, jeune homme, vous le savez ? »

Comment réagir à la phrase d'Helena, à son invite cette fois sans équivoque ? Si je fuyais les garçons de mon âge, avec les filles les choses n'étaient pas plus simples. Malgré le vent de liberté qui régnait, j'étais resté très timoré. Celles que je rencontrais jouaient heureusement encore le jeu de la séduction, se refusant, prenant leur temps avant de succomber, me laissant l'initiative. Mais que faire face à une femme mûre qui ne me plaisait pas, pour laquelle je n'éprouvais aucun désir, qui m'effrayait même un peu mais qui prenait les devants et affirmait son désir de façon aussi directe ? J'étais peut-être, au dire de mes parents, un garçon singulier, mais surtout embarrassé de lui-même et qui se trouvait maintenant dans la position la plus inconfortable qui soit. Un autre que moi aurait trouvé la situation excitante, se serait réjoui de l'aubaine et aurait rejoint sans hésiter la mère de Iannis dans sa chambre. Un autre que moi. Mais en ce qui me concernait, les moments que j'avais traversés avec Iannis, les épreuves mêmes qu'il m'avait fait endurer, me paraissaient moins difficiles à affronter que les avances d'Helena.

Ce dernier évènement n'allait pas m'aider à trouver le sommeil et je ne cessai de me retourner dans mon lit jusqu'à ce que les premières lueurs de l'aube filtrent à travers les persiennes. Un vent violent soufflait ce matin-là sur le front de mer et ses accès faisaient gémir les fenêtres. Un grincement dans la chambre de Iannis m'annonça son réveil. Je me levai après avoir opté pour la décision la moins courageuse, mais la plus conforme à mes habitudes : faire comme si rien ne s'était passé et oublier cette nuit.

J'espérais qu'il en serait de même pour Helena, mais Iannis fit en sorte que la question ne se pose pas. A peine arrivé dans la cuisine, il se précipita vers sa mère, les bras tendus. Je crus que pour la première fois depuis mon arrivée, j'allais le voir se blottir contre elle mais ses mains s'emparèrent de la poitrine de sa mère, qu'il agrippa avec avidité. La cigarette d'Helena s'envola, pendant qu'elle tentait de se libérer de l'emprise de son fils. Avant que je puisse intervenir elle finit par écarter Iannis d'un geste brutal qui le fit glisser sur le carrelage. Il se retrouva sur le ventre, gémissant aux pieds de sa mère. Je me précipitai pour le relever quand, rapide comme un chat qui attaque, il se propulsa en avant pour attraper les jambes d'Helena qu'il encercla de ses bras avant de coller sa bouche sur la fermeture éclair de son jean. Nous n'avons pas été trop de deux pour l'amener à desserrer son étreinte. A peine avions-nous réussi à l'éloigner qu'une série de gifles sonores retentit : Iannis se frappait, plus furieusement que jamais.

Helena s'effondra sur une chaise de la cuisine, la tête entre les mains et je choisis de raccompagner Iannis dans sa chambre afin de lui faire retrouver son calme. Assis sur son lit il s'apaisa, sa respiration haletante peu à peu reprit un rythme normal et sitôt que cela me parut possible je l'abandonnai quelques instants à ses balancements pour descendre à la cuisine réconforter Helena.

La moitié d'une cigarette s'était déjà consumée entre ses doigts. Elle releva la tête, les yeux rougis sous la mèche qui lui balayait le front.

« Je réponds à votre question avant que vous ne la posiez : oui, c'est la première fois que cela se produit. Je sais que Iannis n'a aucune inhibition, qu'il répond à son instinct dès que celui-ci le sollicite… mais là, vraiment il a franchi les limites… »

Avec un petit rire amer elle ajouta :

« Aucun interdit, aucun tabou. Et moi qui ai toujours prétendu que c'était un précepte à suivre en littérature ! »

Elle secoua la tête, désespérée, et se leva pour se préparer un nouveau café.

« Emmenez-le se promener, ce matin je ne peux plus supporter de le voir. »

Cette scène m'avait perturbé davantage que je n'aurais su le dire : Iannis s'était jeté sur sa mère quelques heures seulement après que celle-ci m'avait avoué son désir, comme s'il avait perçu la tension qui s'était installée entre nous.

J'avais hâte de mettre un peu de distance entre ce lieu et moi. Malgré les bourrasques qui venaient ébranler les murs de la villa, je décidai qu'il était temps de sortir. Je remontai chercher Iannis et lui proposai de s'habiller : nous allions visiter Horville.

Le vent qui faisait claquer les fanions de la jetée nous jeta au visage brins d'algues et grains coupants de mica. Pour nous en protéger j'entraînai Iannis vers l'un des passages qui menaient à la rue principale. Je ne l'avais pas choisi au hasard : c'était celui qui abritait une minuscule échoppe, tenue par un de ces pères blancs qui avaient évangélisé l'Afrique. Son antre poussiéreux était rempli d'objets d'art africain et, enfant, je pensais que le missionnaire, la nuit venue, dans le désordre de ses totems et de ses fétiches, laissait courir ses mains sur les fesses et les seins proéminents de ses statues. Au milieu de son capharnaüm trônait un pied d'éléphant transformé en porte-cannes, dont la peau parcheminée était encore hérissée de poils. Pourquoi le vieil homme si doux avait-il conservé une telle relique ? J'imaginais les chasseurs penchés sur l'énorme dépouille, découpant à la scie la patte du pachyderme.

Iannis avait retrouvé son comportement habituel, collant à mes pas comme une ombre, ses bras moulinant l'air, il me suivit dans le passage, où s'engouffrait le souffle de la tempête. Je reconnus aussitôt la maison du père blanc, restée telle qu'en mon souvenir. L'emplacement de l'échoppe était maintenant recouvert d'une barricade de planches, comme si un interdit avait frappé ces lieux. J'aurais aimé y glisser un œil et croiser peut-être le regard mystérieux et menaçant d'un masque.

Au centre-ville, arrêté par les villas du front de mer, le vent se réduisait à une brise. Les magasins de la grand-rue avaient modernisé leurs façades, les lignes en étaient plus sobres, les vitrines plus vastes. Iannis, occupé à contempler le mouvement de ses mains, comme un écran entre le monde et lui, semblait ne prêter attention à rien. Cela ne m'empêcha pas de lui commenter chaque étape de notre parcours et de lui raconter par le menu les souvenirs qui y restaient attachés. Nous sommes passés devant le Rialto, l'unique cinéma de la station dont les sièges de bois nous meurtrissaient les reins. Non loin, j'ai reconnu une maison étroite aux fenêtres obturées par des volets intérieurs. Ses vitres exhibaient autrefois les photos du propriétaire. L'amiral était une célébrité locale. On l'y voyait, dans son blazer à boutons dorés, une casquette à galons sur la tête, auréolé de la fumée de sa cigarette. Il passait de longues heures sur le seuil de sa maison, dans la tenue qu'il arborait sur ses photos, guettant un signe de reconnaissance des passants.

Le fronton *modern style* du casino exposait ses volutes à l'angle de la grand-rue. J'avais toujours connu l'établissement fermé : comme le parc du Saut du Loup, parsemé de rocailles et d'escarpements, le bâtiment témoignait de la splendeur passée d'Horville. Iannis me suivait comme une ombre, le regard fixé sur ses doigts et son calme me laissait penser qu'il partageait mon voyage dans le passé. Seul le son de nos pas sur l'asphalte venait briser le silence. Soudain, alerté par le bruit d'une course précipitée, je me suis retourné : attiré par une rue déserte, Iannis avait disparu.

En vain je l'ai appelé, hurlant de plus en plus fort son nom, les mains en porte-voix. Rebroussant chemin, je me suis précipité dans un passage bordé de villas endormies, où je ne l'ai pas trouvé. Mon inquiétude commençait à grandir, l'idée de l'avoir perdu me terrifiait, j'étais couvert d'une sueur froide. Mon sens de l'orientation se brouillait, au point de ne plus savoir de quel côté était la mer. Nouvelle bouffée d'angoisse, associée à des scénarios catastrophe : le découvrir flottant entre deux eaux, ballotté par les vagues, son étrange sourire aux lèvres, ou bien encore entendre un coup de klaxon et un crissement de pneus sur l'asphalte, suivis du choc d'un corps contre la tôle. Je repassai plusieurs fois devant les mêmes façades, empruntai les mêmes rues sans les reconnaître. L'une d'entre elles me conduisit sur la jetée où le vent, qui épargnait le centre d'Horville, soufflait de plus belle. Une partie de la plage était envahie par une écume blanche où flottaient des paquets d'algues et de branches arrachées. Le choc sourd des lames qui venaient se briser sur les contreforts faisait vibrer le sol sous mes pieds, comme lors d'une marée d'équinoxe. Personne à l'horizon : le mauvais temps avait dissuadé les rares promeneurs de s'aventurer sur la jetée et je me préparais à courir vers la villa pour appeler Helena à l'aide.

Avant de m'y résoudre, je tentai une dernière fois d'apercevoir le jeune garçon et courus une centaine de mètres sur le front de mer, le visage giflé par le sable, avant de m'engager dans un nouveau passage. Il me parut familier et je crus soudain en reconnaître le sol de gravier : c'était celui qui conduisait à l'hôtel des Flots.

Au bout de l'allée, reconnaissable de loin à son balancement, Iannis était posté devant les grilles closes. C'était là qu'il fallait que je le retrouve, face à l'hôtel de mon enfance.

Ma main dans celle de Iannis je tentais de reprendre mon souffle, tout en contemplant la façade des Flots. Une pancarte *A vendre* aveuglait l'une des fenêtres. A en juger par l'état de délabrement des lieux, ceux-ci étaient fermés depuis plusieurs années. Derrière les vitres hibernait la salle à manger, balayée par les courants d'air comme elle l'était déjà au plein cœur de l'été. Sous la verrière les chaises devaient être empilées sur les tables, le billard recouvert d'une housse, les tapis roulés contre les murs. Au premier étage j'ai repéré la fenêtre de notre chambre, celle où je partageais chaque année avec ma mère une intimité que notre appartement parisien ne permettait pas.

*Durant mes vacances à Horville je l'avais vue pour la première fois. Me croyant endormi elle s'était glissée hors du lit pour se diriger vers le petit cabinet de toilette. L'espace de quelques secondes j'avais contemplé ce que cachaient robes sages et tailleurs stricts : une poitrine lourde, le triangle d'une toison, une chair généreuse que seuls, jusqu'à présent, les reproductions de tableaux de mon dictionnaire m'avaient permis d'admirer. Envahi par le même émoi qu'à la vision de ces nymphes alanguies sur les toiles des grands maîtres, je m'étais caressé sous les draps. Lorsque j'avais sombré dans le sommeil, elle m'était apparue, debout dans une baignoire entourée de flammes. A mon réveil j'avais compris l'avertissement : l'enfer guettait les garçons qui osaient de tels désirs sur un corps interdit.*

Iannis poussa un gémissement, ses balancements s'accentuèrent. La faim était sans doute la cause de son agitation : il était en effet largement l'heure de rentrer déjeuner. Mais auparavant je voulus m'approcher du jardin. Les grilles étaient maintenues fermées par une chaîne, je les secouai pour en éprouver la résistance. Avec un peu de chance les battants s'écarteraient suffisamment pour me laisser un passage, mais je ne me sentis pas prêt à explorer les lieux. Le front appuyé aux barreaux, j'ai contemplé la végétation retournée à l'état sauvage. Les arbres y étaient plus nombreux et plus touffus que dans mon souvenir, mais je pus distinguer le puits comblé qui débordait autrefois de géraniums, la pelouse où les pensionnaires prenaient le thé, devenue une prairie hérissée de chardons. Au-delà du bosquet de noisetiers qui avait pris l'épaisseur d'un sous-bois j'ai deviné le mur, dissimulé sous ses pommiers en espalier. Les rares rayons de soleil perçant les feuillages faisaient briller les tessons de bouteilles qui le couronnaient, mais la porte de métal interdisant l'accès aux ruines demeurait invisible. Ma respiration s'accéléra quand j'entrevis, dépassant du sommet du mur, l'escarpement croulant sous la végétation : les vestiges du parc du Saut du Loup.

Les plus anciens des habitants d'Horville connaissaient l'histoire du Saut du Loup. Construit à l'âge d'or de la station, le parc offrait aux promeneurs son paysage de rocailles, sa grotte ct ses bassins, dans le goût de la Belle Epoque. Un kiosque à musique accueillait une fanfare lors des grandes occasions. Une cascade dévalait un escarpement de rochers et alimentait la rivière artificielle qui serpentait entre les massifs et les plates-bandes.

Lorsque Horville perdit de sa splendeur, le manque d'entretien avait rendu le lieu trop dangereux. La station appartenait désormais au passé, l'époque du Saut du Loup était révolue, la commune avait fait construire des tennis sur une portion du domaine et vendu le reste par lots. La partie la plus accidentée, qui aurait exigé trop de travaux de déblaiement, avait échappé à ce partage. Depuis plus d'un demi-siècle, elle dormait à l'abri de ses hauts murs et personne n'était autorisé à y pénétrer. Seul le sommet de l'escarpement, enseveli sous un amas de ronces et de vigne vierge, dépassait du mur de l'hôtel.

Pendant que nous retournions à la villa, sur la jetée où tournoyaient les débris arrachés à la plage, ma main solidement agrippée à celle de Iannis, je sentais monter le malaise que la vision du Saut du Loup avait fait naître en moi. La frontière qui me séparait de mes souvenirs s'amenuisait et, comme un courant électrique, ma tension se transmettait au jeune garçon, dont la main tremblait au creux de la mienne.

*Terrain vague envahi par une jungle que nous rêvions d'explorer, les vestiges du parc excitaient notre curiosité. La mère d'Antoine nous avait avertis qu'il était hors de question de s'aventurer dans cette zone dangereuse, mais son fils avait déployé des trésors d'ingéniosité pour lui soutirer de précieux renseignements : les anciens patrons lui avaient parlé d'une clef qui ouvrait la porte métallique, mais elle était jusque-là restée introuvable. Dans les caves de l'hôtel, Antoine connaissait l'existence d'un placard qui en abritait une collection, essentiellement des passe-partout utilisés autrefois par les femmes de chambre. Nous les avions tous essayés, jusqu'au moment où l'un d'eux avait accepté de tourner dans la serrure. Devant nous s'était ouvert un véritable coffre au trésor.*

*Alors avait commencé une aventure rendue plus excitante encore par l'interdit. Nous frayant un che-*

*min parmi les hautes herbes et les ronces qui envahissaient les allées, Antoine et moi avions exploré cet espace, devinant au travers des branchages le ciment défoncé de la rivière artificielle, le pont qui l'enjambait, sa balustrade de pierre imitant les veinures du bois et les vasques à demi remplies de terre humide. Ecartant les orties, nous avions tendu le cou vers le sommet de l'escarpement et nous étions enfoncés dans la grotte qui s'ouvrait à sa base, ornée de stalactites de béton. Aussi souvent que possible, échappant aux regards, nous retournions dans le parc, dont nous connaissions à présent les moindres recoins. Un jour Antoine, plus audacieux que moi, avait entrepris d'escalader la rocaille, sans craindre les éboulis de pierres descellées et, arrivé au sommet, m'avait crié qu'il apercevait le scintillement de la mer au-delà des toits d'ardoise.*

*Nous nous étions fait le serment de ne parler à personne de nos explorations dans le parc abandonné : ce lieu nous appartenait et si quelqu'un apprenait que nous en avions ouvert la porte, elle serait murée et c'en serait fini à jamais de notre jardin secret.*

La peur que j'avais éprouvée en perdant Iannis et le trouble que notre visite d'Horville avait fait naître tardèrent à se dissiper. Le soir encore, durant le dîner, alors que les derniers assauts de la tempête résonnaient contre les murs de la villa, je revoyais l'hôtel des Flots et le sommet de l'escarpement qui se dressait dans un contre-jour, comme un crâne fantomatique et menaçant, hérissé de ronces.

Iannis ne fit aucune difficulté pour se coucher, je refermai doucement sa porte mais il était encore tôt et je savais qu'Helena m'attendait au salon. Allais-je me montrer lâche au point de m'enfermer dans ma chambre pour échapper à cette rencontre ? Il fallait que j'affronte la situation. Mais que lui dire ? Que je n'avais pas envie d'une aventure avec elle ? Qu'elle ne m'inspirait pas de désir ? Arguments qu'une femme n'aurait pas hésité à employer face à un homme à qui elle voudrait échapper, mais l'inverse, même s'il s'agissait d'une pure convention, ne me paraissait pas envisageable.

Le sifflement du vent dans les huisseries s'était enfin tu. Helena m'avait servi comme à elle un verre de cognac. Rêveuse, le dos calé contre les coussins du canapé, elle exhalait de longs soupirs de fumée. Elle me fit signe de venir m'asseoir à côté d'elle. Comment décliner l'invitation sans avoir l'air d'une vierge effarouchée ? La peur du ridicule me poussa à prendre place auprès d'elle, mais ma position d'homme qui se refusait n'était pas facile à tenir. Sans un mot elle glissa sa main dans l'échancrure de ma chemise et me caressa la poitrine, puis elle se pencha vers moi, ses lèvres brûlantes effleurèrent mon cou, dans le chaud parfum d'alcool et de tabac de son haleine. Les mains sur les genoux, le dos raide, j'étais certain qu'elle percevait les battements désordonnés de mon cœur. J'avais conscience que le moindre geste de ma part, le moindre abandon, nous conduirait aussitôt dans sa chambre et cette perspective me plongeait dans une angoisse absolue. Ce n'était pas tant la dureté de ce visage, ni la sécheresse de ce corps qui me paralysaient – l'image de ses hanches minces, le premier soir quand elle gravissait l'escalier, aurait sans doute suffi à éveiller en moi un semblant de désir – mais plutôt le trouble de la situation, l'idée de me lancer dans une histoire sordide à laquelle je n'étais pas disposé. Ne pas me montrer à la hauteur, face à une femme aussi expérimentée, n'était pas non plus pour rien dans mon refus.

Mais une autre pensée s'imposa à moi, pendant

que les mains d'Helena commençaient à défaire la boucle de ma ceinture : je trahirais Iannis si je couchais avec sa mère. Sans qu'il ait besoin de surprendre la moindre caresse entre Helena et moi, le jeune garçon saurait, comme il avait su à chaque fois, lorsqu'il avait pénétré mes pensées, découvrir la salière et trouver le chemin de l'hôtel où gisaient les vestiges de mon enfance.

Brusquement, je me suis relevé du canapé pour me rajuster, bredouillant à l'intention d'Helena une excuse bricolée dans l'instant : je venais de rencontrer une fille, elle était importante pour moi, je ne voulais pas la tromper.

Son visage se figea, une ombre traversa son regard. Je crus voir ses yeux s'embuer mais, se reprenant, elle éclata de rire.

« Un garçon du siècle dernier ! Et il a fallu que je tombe sur lui ! »

Puis elle me fixa, des éclairs au fond de ses pupilles.

« Pourquoi mets-tu cette fille entre nous, alors que nous sommes loin d'elle et que cela ne concerne que nous deux ? Est-ce que cela changera quelque chose à votre relation si je goûte à ta peau ? Est-ce que tu l'aimeras moins si je profite de ta jeunesse, le temps d'un séjour dans cette ville morte ? »

J'aurais dû m'attendre à une telle réaction de sa part. Il n'y avait rien à lui répondre, elle réagissait à cette offense comme aux comportements énigmatiques de Iannis : avec ironie et brutalité.

« Tu aurais aussi bien pu me rappeler que je suis une femme mariée et que l'infidélité est un péché ! »

Elle secoua la tête, mimant l'accablement :

« Mais de quelle génération es-tu, bon sang ? »

Sa voix grondait, retrouvant les intonations du soir où elle m'avait reproché d'avoir préparé de la viande pour son fils. Elle se leva, tourna dans la pièce comme si elle hésitait sur la décision à prendre puis s'approcha de moi pour unir étroitement son corps au mien. Elle avança une main entre mes jambes.

« Tu crois peut-être qu'une femme ne peut pas violer un homme, sous prétexte qu'il ne bande pas ? »

Et, d'une poussée, elle me fit tomber sur le canapé pour me chevaucher et coller sa bouche à mon cou.

Serré contre elle, je n'eus pas la ressource de résister, pris dans l'étau de ses bras qui déployaient une force insensée. Très vite, sa respiration s'accéléra et un bref cri de plaisir lui échappa. Son corps se mit à trembler, avant de se relâcher et de s'affaisser contre ma poitrine. Elle y resta abandonnée quelques secondes puis, se mordant les lèvres, me contempla un instant avant de se relever. Alors elle me toisa d'un air ironique :

« Tu vois, j'ai tout de même joui de toi. Sans qu'on se déshabille, sans que tu me touches. Sans que tu me pénètres. J'espère que cela ne va pas compromettre ta belle histoire d'amour. »

Je m'éloignai d'Helena pour me diriger vers l'escalier. J'entendis le déclic de son briquet, puis ses doigts s'immobilisèrent un instant sur le clavier de sa machine à écrire lorsqu'elle ajouta :

« J'essaierai chaque soir, Louis. »

D'un ton de défi, je lui répondis que chaque soir je refuserais.

« Il est tard maintenant, allez vous coucher, Iannis se réveille tôt » lança-t-elle simplement depuis le salon.

La journée m'avait épuisé, la soirée s'était chargée de m'achever. Sans allumer la lumière de l'entrée je suis monté à l'étage, comme un enfant puni que l'on renvoie dans sa chambre.

Je ressentais un besoin d'innocence et de calme. De Iannis endormi émanait une grande douceur : je me suis retrouvé à son chevet, à contempler son profil endormi. Une fois de plus, j'ai pensé au contraste entre la léthargie dans laquelle m'avaient plongé ces années d'errance et le tourbillon d'évènements de ces derniers jours. Depuis mon arrivée à Horville, Iannis et sa mère m'obligeaient à sortir de moi-même. Mais si je perdais mes repères face à l'attitude d'Helena, ma relation avec Iannis m'ouvrait des contrées inexplorées, m'invitant à y faire la lumière.

La vision des cheveux emmêlés du jeune garçon, du pli soucieux qui creusait son front, m'apaisa. Ainsi plongé dans le sommeil, il ressemblait à tous les adolescents de son âge, il en avait la grâce et la fragilité. A son réveil, il aurait pu me saluer gaiement, sauter sur ses pieds pour me proposer une randonnée dans la campagne ou une partie de volley sur la plage. Au lieu de cela il allait se mordre les mains, se balancer et laisser errer son regard vide sur un monde qui lui échappait. Et c'est l'idée même de ce désastre qui me fit me pencher vers Iannis et lui déposer un baiser sur le front.

Cette nuit-là encore, la procession se déploya dans Horville endormie.

*Du monument aux morts jusqu'au blockhaus, une retraite aux flambeaux déroulait ses lueurs sur la jetée. Déchirant le brouillard qui rampait le long de la promenade, les lampions et les torches éclairaient les visages de cette cohorte d'ombres qui venait à ma rencontre. L'œil souligné de noir, le teint blafard et la bouche peinte, l'amiral, dans son blazer à boutons dorés, m'adressait un sourire édenté. Appuyé sur sa canne, le père blanc exhibait une photo sépia où des chasseurs découpaient à la scie la patte d'un éléphant. Des enfants, dont les visages arboraient la grimace d'un masque de carnaval, brandissaient leurs torches. Enfin, sous la lueur rouge et bleu de sa lanterne de papier, apparaissait la silhouette floue du jeune garçon. Je ne distinguais que ses yeux clairs, déterminés. Il avait de la terre sur le visage et me fixait d'un regard qui ne cillait pas. Une fois encore, un doigt sur les lèvres, il me demandait le silence.*

Qui aurait pu imaginer ce qui s'était passé la veille en nous voyant tous les trois réunis dans la cuisine pour le petit déjeuner ? Iannis, le nez dans son bol, avalait son chocolat à grandes lampées pendant qu'Helena buvait son café, la première cigarette de la journée se consumant entre ses doigts. Très vite elle nous quitta pour se remettre au travail : l'écriture de son roman l'absorbait davantage chaque jour et elle passait de plus en plus de temps au salon, les yeux rivés sur son clavier, arrachant précipitamment de sa machine la feuille sur laquelle elle tapait pour la faire disparaître dans le tiroir du bureau, dès que je m'aventurais dans la pièce.

A la plage, mon attention fut attirée par un changement de comportement chez Iannis. Cessant ses transvasements, il avait posé son seau à côté de lui et regardait son doigt dessiner sur le sable des formes que je ne pouvais distinguer, régulièrement balayées par l'écume. Intrigué, je lâchai mon livre pour me diriger vers lui. J'avais remarqué qu'il lui arrivait de plus en plus souvent, accroupi dans le jardin derrière la villa, de ramasser des brindilles qu'il assemblait selon un ordre complexe. Mais il les dispersait dès que sa mère ou moi nous approchions, trahis par les crissements du gravier.

Il avait le dos tourné et ne m'entendit pas arriver, le souffle du vent et l'épaisseur du sable étouffant mes pas. Je me penchai par-dessus son épaule : maladroitement tracés en lettres bâtons, des mots entiers apparaissaient sur la surface humide, qu'à peine achevés la mer venait balayer. La tâche répétitive ne décourageait nullement Iannis, au contraire l'énergie avec laquelle il inscrivait sans répit ses lettres sur le sable laissait penser qu'il se plaisait à les voir fondre dans les vaguelettes. Des mots éphémères se succédaient, mots de tous les jours dont il respectait parfaitement l'orthographe, qui s'imprimaient quelques secondes dans le sol avant de disparaître, jusqu'à ce que, ajoutant à ma stupeur, son doigt trace mon prénom, aussitôt emporté par l'écume.

Je ne pus retenir une exclamation. Dans un sursaut, Iannis se retourna et bondit sur ses pieds, se mordant au point que le sang commença à perler. Je tentai aussitôt de l'envelopper de mes bras, mais il se dégagea, poussant des cris aigus, ses dents solidement plantées dans le dos de sa main. Il fallait d'urgence trouver un moyen de le calmer. Je venais de le surprendre dans une activité qu'il désirait garder secrète. M'approchant de lui, je murmurais à son oreille les seules paroles qui, selon moi, pourraient le rassurer : ces mots qu'il avait tracés allaient s'effacer aussi sûrement de ma mémoire qu'ils l'avaient été par la mer et je n'en parlerais à personne, pas même à Helena.

C'est ce que m'avait soufflé mon instinct, qui dut toucher juste puisque l'agitation de Iannis s'apaisa. Les yeux toujours vagues, il s'éloigna de la grève pour se diriger vers la cabine. La main qu'il passa sur son visage y laissa une traînée écarlate.

Chaque jour apportait son lot de surprises, mais cette dernière n'était pas la moindre. Helena m'avait expliqué que son fils se montrait rétif à tout apprentissage, les instituteurs qui s'étaient évertués à lui inculquer des notions de base y avaient très rapidement renoncé devant ses crises d'angoisse ou de colère. Mais Iannis avait appris, malgré tout : j'en avais maintenant la preuve. Cet exploit solitaire et dissimulé m'impressionnait mais il devait rester secret, scellant un peu plus encore un pacte de silence entre nous.

Ce soir-là, Helena, fidèle à sa promesse – ou, devrais-je dire, à sa menace – tenta de nouveau de m'attirer dans ses bras. Je résistai, plus fermement que la veille et, après un mouvement de colère, elle s'effondra soudain.

« Qu'est-ce que tu vois, quand tu me regardes ? Une amazone, déterminée à faire entrer un jeune homme dans son lit pour satisfaire un caprice sexuel ? Non, Louis, tu as simplement en face de toi une femme détruite. Tu la trouves étrange, cette femme ? Moi aussi, figure-toi ! Mais cette femme étrange se heurte depuis des années à la même énigme : qui, de la mère ou du fils, a détruit l'autre ? »

Elle tendit une main vers moi.

« Je te fais peur ? Tu as peur d'une pauvre créature qui ne doit sa survie qu'à des flacons de tranquillisants et à un hypothétique espoir de publication ? Une mère qui passe son temps à se confronter à un fils auquel elle ne comprend rien, une épouse qui vit aux antipodes de son mari ! »

Le terme *pauvre créature* collait mal avec l'image d'Helena, la dureté de son visage et la détermination dont elle faisait preuve. Mais sa voix avait de tels accents de sincérité qu'il m'était difficile de ne pas la croire.

« Laisse-moi faire, Louis, laisse, je t'en prie, ne bouge pas, je ne te demande rien, ne fais pas un geste, laisse-toi simplement faire. »

Debout face au canapé, elle me dominait, répétant sa prière d'une voix blanche. Au bout de mes résistances, je laissai cette fois sa main détacher la boucle de ma ceinture et se saisir de moi. Elle commença à me caresser et je n'y fus pas insensible. La situation me transformait en objet passif, soumis à son caprice et, insensiblement, me menait jusqu'au bord du plaisir. Sentant venir ma jouissance, je renversai la tête en arrière, mais Helena mit aussitôt fin à sa caresse.

« Ne ferme pas les yeux, Louis, je veux voir ton visage ! Ne garde pas ton plaisir pour toi, regarde-moi, jusqu'à la fin. Regarde-moi, même lorsque cela te deviendra insupportable. »

De nouveau elle s'empara de moi : rivées aux miennes, ses pupilles sombres intimaient un ordre auquel il n'était pas question de me soustraire. Le soleil et la mort ne pouvaient se regarder en face, pas davantage la petite mort, ai-je pensé pendant que sa main venait me chercher ; jamais je n'avais imaginé à quel point il pouvait être difficile de ne pas fermer les paupières quand jaillissait le plaisir.

Le désir d'Helena était tel que je m'y pliai ; son regard fouillait au plus profond du mien, tendu, implorant. Lorsque enfin je me suis laissé aller, les yeux grands ouverts accrochés aux siens comme elle l'exigeait, aspiré au fond de ce gouffre noir, j'ai éprouvé un plaisir que je n'avais encore jamais connu, entre jouissance et douleur.

Alors que je m'apprêtais à regagner ma chambre, Helena me retint par le bras. Elle avait retrouvé toute son assurance et n'avait plus rien de la *femme détruite* qui pleurait devant moi de façon si convaincante, quelques instants auparavant.

« J'ai pris du plaisir sans que tu me touches, je t'en ai donné avec ma seule main, tu imagines ce qu'il en serait si tu acceptais que nos corps fassent vraiment connaissance ? »

C'était précisément cette perspective que je refusais. Elle me répéta que cela ne l'empêcherait pas de me le redemander et, comme je me dirigeais vers l'entrée, elle ajouta :

« Ah ! Louis ! J'allais oublier ! Mon mari va nous rejoindre pour le week-end. Vous ferez dîner Iannis et vous le coucherez un peu plus tôt, après qu'il aura vu son père, pour que nous puissions souper tous les trois tranquillement. D'autant que Jérôme m'a annoncé qu'il arriverait avec une bonne nouvelle. »

Puis, comme si elle sortait un atout de sa manche, elle me dit avec un sourire :

« Cette visite sera l'occasion de te montrer que j'ai un autre moyen de jouir de toi sans que tu m'approches. »

Voilà qu'elle me proposait une nouvelle épreuve. Décidément ce n'était plus la *pauvre créature* qui s'adressait à moi, mais bien celle qui menait le jeu depuis le début et je m'en voulais de ma passivité : l'adolescent attardé que j'étais ne pouvait s'opposer à une telle détermination.

Le matin venu, je n'avais gardé aucun souvenir des rêves qui avaient peuplé ma nuit, rêves agités, à en juger par le désordre de mes draps. Pour Iannis, la journée commença par les mêmes rituels : le petit déjeuner, englouti à une incroyable vitesse, puis la séance aux toilettes, toujours aussi éprouvante.

Il fallut aller faire les courses. Dans le magasin, Iannis, comme à son habitude, erra entre les rayons de sa démarche de funambule, s'assurant de ma proximité malgré son regard absent. Au détour d'une pile de conserves, je le perdis de vue. J'entendais ma voix monter d'un cran à chacun de mes appels, paniqué à l'idée qu'il ait pu sortir du magasin pour filer sur la jetée. Un soupir de soulagement m'échappa quand je le retrouvai, immobile face aux vitres d'une grande armoire frigorifique. Statufié, il contemplait le jumeau qui l'observait de l'autre côté du miroir. Lorsqu'il tendit une main vers lui, je crus d'abord qu'il tentait de l'atteindre mais je vis que son doigt traçait des signes sur les gouttelettes de condensation qui recouvraient la vitre.

Lorsque je m'avançai, Iannis me laissa à peine le temps d'apercevoir, avant que sa main ne les efface, les premières lettres du prénom d'Antoine qui venaient brouiller son reflet.

Quelle intuition avait permis à Iannis de retenir le prénom de mon ami ? Comment en avait-il appris l'orthographe ? Ces questions sans réponse m'accompagnèrent toute la journée, ajoutant au mystère du jeune garçon qui semblait lire dans mes pensées.

Helena, ce soir-là, s'enferma au salon pour y travailler, sans chercher à me solliciter. L'arrivée prochaine de son mari était sans doute pour quelque chose dans cette trêve.

Le lendemain, comme le temps le permettait, je voulus emmener Iannis passer l'après-midi sur la plage. Mais il en avait décidé autrement : déjà fébrile au sortir de la villa, il refusa de descendre l'escalier de la jetée et fila, moulinant des bras, vers le centre de la ville. Pour une fois, c'était lui qui menait la marche et je peinais à le suivre. Il emprunta la ruelle où dormait, derrière sa barricade de planches, l'échoppe du père blanc puis, toujours effleurant le sol, il passa devant les volets clos de la villa de l'amiral pour arriver devant la façade condamnée du casino. Je lui demandai où il m'emmenait, mais je connaissais déjà la réponse, inscrite sur la vitre de l'armoire frigorifique et je ne fus pas surpris de le retrouver devant les grilles des Flots. Comme il m'avait vu le faire quelques jours auparavant, il empoigna les barreaux et s'immobilisa, face au jardin de l'hôtel. Je l'entendis fredonner la ritournelle qui souvent accompagnait ses balancements, puis, sans que j'aie le temps de l'en empêcher, il se faufila dans l'étroit passage.

Il s'avança dans le jardin pour se poster au milieu de l'ancienne pelouse, agitant les mains devant son visage. Les herbes folles lui arrivaient aux genoux, derrière lui tremblaient les feuilles du bosquet de sureaux et, au-dessus du mur de séparation, l'escarpement couvert de ronces laissait dépasser sa tête, comme un prédateur observant sa proie. A sa manière, Iannis me proposait de le suivre, mais je restai de l'autre côté de la grille, à le rappeler sans succès. Je ne pouvais me décider à le rejoindre, à fouler le sol qui avait accueilli mes jeux ; l'angoisse montait et je résistais à l'idée de me laisser entraîner à la rencontre de ce qui, peu à peu, se frayait un chemin vers ma conscience. J'ai secoué la tête énergiquement pour lui signifier qu'il devait revenir. Ma détermination dut le convaincre car il franchit les grilles et, acceptant ma main, se laissa reconduire jusqu'à la villa.

Sur la jetée, la ritournelle obsédante de mon jeune compagnon s'intensifia, tandis qu'il fixait les nuages. Je ne l'avais pas rejoint, je ne m'étais pas glissé entre les battants de la grille pour m'enfoncer avec lui dans le territoire de mon enfance. Je venais de refuser à Iannis l'accès à mes souvenirs, tout comme je me refusais le soir à Helena.

Lorsque nous avons poussé la porte, j'ai entendu les échos d'une conversation provenant du salon. Le père de Iannis était arrivé.

Heureux de revoir son fils, il se dirigea vers lui mais Iannis ne lui accorda pas la moindre attention et fila dans le jardin pour y assembler ses brindilles. Celles-ci, j'en étais sûr maintenant, formaient des mots qu'il dispersait dès que quelqu'un s'approchait. Visiblement déçu par cet accueil, Jérôme choisit de faire bonne figure :

« Je crois savoir que notre jeune homme au pair donne entière satisfaction ! »

Il sourit en me serrant la main. Derrière l'épaule de son mari pesait sur moi un regard que je connaissais bien. *Entière satisfaction,* avait dit le père de Iannis, et j'avais pu lire sur le visage d'Helena, éclairé d'un demi-sourire, le sens qu'elle avait donné à cette formule. Elle se tourna vers moi pour me demander de m'occuper du dîner et de la toilette de Iannis afin qu'il puisse se coucher de bonne heure.

A en juger par l'humeur de sa femme durant le

repas, la bonne nouvelle dont Jérôme était porteur ne l'avait pas réjouie. Alors que son mari évoquait les soucis qu'il rencontrait dans le recrutement de son personnel, je surpris à plusieurs reprises une profonde tristesse dans les yeux d'Helena.

L'alcool aidant, son humeur changea et vers la fin du dîner, dans un de ces revirements dont je la savais capable, elle redevint enjouée. Elle raconta à son mari nos journées sur la plage, évoqua l'attachement que Iannis manifestait à mon égard et combien ses crises d'angoisse s'étaient raréfiées ces derniers temps. Jérôme, qui ne s'était pas montré plus sobre qu'elle, vida un dernier verre et sembla quelques instants s'intéresser au récit de son épouse, avant d'être saisi de bâillements incoercibles. Il s'étira, puis se dit désolé de se montrer aussi épuisé. D'un ton égrillard il rappela à Helena que tous deux ne s'étaient pas vus depuis un moment et qu'il était l'heure pour eux de monter se coucher. Il prit congé et Helena lui répondit qu'elle n'allait pas tarder à le rejoindre.

A peine avait-il tourné les talons qu'elle avança son visage vers le mien, les coudes appuyés sur la table.

« Il y a bien longtemps que mon mari ne me donne plus de plaisir, mais ce soir il va y parvenir, sais-tu pourquoi ? Parce que ce n'est pas avec lui que je vais faire l'amour, mais avec toi. Les cloisons sont fines, aussi, lorsque tu m'entendras crier, tu sauras que je prends mon plaisir en pensant à toi, à toi seul. »

De nouveau j'étais l'objet d'une expérience, et je tentai de lui résister en disant à Helena à quel point je trouvais son idée perverse.

« Je te reconnais bien là, toujours aussi conforme ! Pense ce que tu veux, cela m'est indifférent. L'essentiel n'est pas que je pense à toi – chacun peut bien penser à qui il veut en faisant l'amour – mais que tu le saches… et que je sache que tu le sais ! De toute façon, que tu le veuilles ou non, quand tu m'entendras, je serai dans tes bras. »

Elle se leva de table.

« Bonne nuit, Louis, je me réjouis à l'idée du plaisir que vous allez me donner. »

Etendu dans le noir, je ne pus m'empêcher de prêter l'oreille aux bruits de la maison. Quelques instants après que je m'étais retiré dans ma chambre, les échos confus d'une conversation m'étaient parvenus, étouffés par la cloison. Chargée de reproches, véhémente, la voix d'Helena se heurtait à celle de son mari et j'ai pensé que c'était la nouvelle annoncée par Jérôme qui envenimait leur échange. Puis le silence s'installa dans la maison.

J'espérais trouver le sommeil mais, au moment où mes pensées versaient peu à peu du côté du rêve, une plainte sourde se fit entendre, montant en puissance jusqu'à atteindre l'intensité d'un cri qui traversa le couloir et envahit ma chambre. La voix me parut incroyablement proche : Helena criait à mon oreille, serrée contre moi. Elle tenait sa promesse ; à ce moment précis, dans les bras de Jérôme, c'était à moi qu'elle pensait, c'était moi qui lui donnais ce plaisir. Le cri se prolongeait, se glissait entre mes draps sans que je puisse le repousser. Je ne m'appartenais plus, j'étais devenu l'objet d'Helena qui usait de moi à sa guise, sans même me toucher.

J'aurais voulu lui échapper ; mes mains sur mes oreilles n'y suffisant pas, je saisis au hasard l'un des livres de ma table de chevet, mais la lecture d'*Une saison en enfer* ne put distraire mon attention de la voix qui m'assaillait. Bondissant hors du lit, je me précipitai vers la chambre de Iannis, pour me protéger de cette intrusion. Quand j'eus refermé la porte derrière moi, le cri s'éloigna, comme si Helena ne pouvait s'autoriser à franchir le seuil de la chambre de son fils. L'angoisse, cette peur sans objet, martelait mes tempes : Helena prenait possession de moi et les souvenirs d'Horville, réveillés par Iannis, m'assaillaient sans que je puisse y faire obstacle. Je me balançais sur place et, pour un peu, je me serais mordu la main, afin de ressentir une douleur dont je sois le maître.

Absorbé par la contemplation du sommeil de Iannis, j'ai pensé que seul son contact pourrait me soulager et, sans plus réfléchir, je me suis allongé près de lui. Comme lors du premier soir, ses yeux s'ouvrirent ; larges et clairs ils me traversèrent, n'exprimant ni surprise ni peur. Il se retourna et se blottit contre moi, comme à son habitude en position fœtale. Il me parut soudain si petit, malgré ses seize ans, si fluet dans son pyjama trop court. Enfant jamais vraiment né, terrorisé par le monde comme je l'étais par le désir de sa mère, il trouvait refuge contre moi pour échapper à ce qui le menaçait. Je revis le moment où il m'avait tété, ses deux mains bien à plat sur ma poitrine et cette nuit, si cela avait été possible, j'aurais voulu remonter avec lui encore un peu plus dans le temps, lui offrir un abri dans lequel il puisse se lover. Je me suis laissé aller à ce fantasme et c'est le sentiment de porter Iannis en moi qui m'apaisa et me permit de trouver enfin le sommeil.

Jour après jour je tentais de repousser le visage qui venait hanter mes rêves mais nuit après nuit il se frayait un chemin dans ma mémoire, un doigt sur la bouche, me faisant jurer le silence. Pendant que le jeune garçon et moi dormions d'un sommeil profond, si proches l'un de l'autre, il vint une fois encore me rendre visite. Je me réveillai au petit matin pour regagner mon lit, effaré d'être allé chercher refuge dans la chambre de Iannis.

Plus tard, autour de la table du petit déjeuner, l'expression que je surpris sur le visage de Jérôme provoqua en moi un malaise. Heureux de sa nuit, il affichait sa satisfaction et témoignait d'une pathétique vanité masculine. Je repensai à l'un des *fondamentaux* énoncé par lui lors de notre premier entretien : *refus d'humilier l'autre, surtout devant un tiers* et croisant le regard d'Helena, j'ai pensé que bafouer à ce point l'un des principes de son mari n'avait pas été pour rien dans son plaisir.

Qui m'empêchait de courir jusqu'à ma deux-chevaux pour fuir loin d'Helena, loin de ce couple au sein duquel elle me faisait jouer un rôle aussi trouble ? Quels liens invisibles m'attachaient à cette maison ? Je n'avais rien souhaité provoquer, ma seule responsabilité était de ne pas mettre un terme à cette situation par mon départ. Mais je sentais que cela m'était impossible : Iannis et mes fantômes me retenaient à Horville.

Afin de rester avec leur fils, Helena et Jérôme m'accordèrent une journée de liberté. Désœuvré je me retrouvai sur la plage, qu'un pâle soleil d'automne réchauffait à peine. Les mains dans les poches je marchai sur le sable, à la lisière des vagues, balayant d'un pied distrait le tapis de varech et de coquillages brisés, espérant en vain y voir briller une mèche ou une salière. Du blockhaus, d'où le fût rouillé d'un canon menaçait la mer, j'ai poussé jusqu'au jardin de la Baleine. Impressionnés par les ossements du monstre, Antoine et moi nous y rendions souvent. Il s'était échoué sur la plage au début du siècle dernier et les habitants avaient choisi d'en conserver le squelette : une série de photos, affichée sur un mur, en détaillait le dépeçage. Le petit parc fleuri étalait ses plates-bandes autour de la serre où trônait le cétacé. Je m'y assis sur un banc et, m'apercevant que j'avais oublié d'emporter de la lecture, je passai en revue tous les évènements qui avaient bouleversé mon séjour. Cela faisait un mois que je m'occupais de Iannis et je n'étais plus le garçon frileux qui ne savait quel chemin choisir ; aussi pénibles qu'aient été les épreuves que j'avais traversées, je ne me sentais plus flotter à l'intérieur de moi-même.

L'après-midi n'en finissait plus, vide de sens sans la présence de Iannis, et j'avais hâte d'être au lendemain pour retrouver l'ombre dansante qui m'accompagnait à longueur de journée.

Quand la lumière commença à décroître, je suis rentré à la villa pour saluer Jérôme qui reprenait la route pour Paris. A peine avais-je poussé la porte que j'entendis les cris de Iannis, qui me parvenaient du premier étage. Ses parents, attablés à la cuisine devant un café, avaient l'air épuisé.

« Pas fâchés de vous revoir ! » tenta de plaisanter Jérôme en guise de bienvenue.

« La journée a été un enfer ! Iannis était dans un état d'agitation épouvantable, nous avons passé notre temps à lui courir après et avons fini par l'envoyer dans sa chambre pour qu'il se calme. »

Helena, visiblement éprouvée, ajouta :

« Il nous échappait sans cesse, c'est à croire qu'il vous cherchait ! »

D'un même geste ils vidèrent leurs tasses et Jérôme, dans un soupir, s'exclama :

« Heureusement que tout cela va se terminer, sinon nous allions y laisser notre peau… »

Helena, au bord des larmes, arrêta son mari d'une pression sur le bras et il se reprit :

« Helena vous expliquera… de toute façon ce n'était plus possible. »

Il avait de la route à faire, il se leva pour prendre congé et me recommanda de continuer à m'occuper de Iannis comme je l'avais fait jusqu'à maintenant : son fils semblait m'être très attaché. Il me glissa une enveloppe entre les mains.

« Voilà votre mois… pour la suite nous verrons. »

A l'étage, les cris de Iannis avaient cessé, sans doute était-il en train de se balancer, une main dans la bouche. Son père se dirigea vers les escaliers.

« Je vais lui dire au revoir, si toutefois cela représente quelque chose pour lui. »

Helena resta assise dans la cuisine, jouant avec sa tasse vide, le regard ailleurs, puis, une fois Jérôme redescendu, elle l'accompagna jusqu'à sa voiture.

Comme je l'avais prévu, Iannis se tenait au milieu de sa chambre, agité d'un balancement régulier de pendule qui cessa dès qu'il m'entendit rentrer. Jamais, depuis mon arrivée, je ne l'avais vu pleurer : ce soir-là, pendant que je le préparais pour la nuit, j'essuyais une larme qui coulait sur sa joue, sans que son expression exprime pourtant un quelconque chagrin. Il se montra particulièrement docile, ne fit aucune difficulté pour prendre son bain et dîna pour la première fois sans répandre ses aliments tout autour de son assiette.

Helena m'attendait en bas et je compris à son expression que la soirée ne ressemblerait pas aux précédentes. Elle paraissait effondrée. Régulièrement la cendre de sa cigarette tombait sur la table basse et d'un geste machinal elle remontait sans cesse une mèche de cheveux échappée de sa pince. D'une voix blanche, elle m'apprit la nouvelle que son mari considérait comme une excellente surprise : l'établissement de Belgique, sur la liste d'attente duquel Iannis était inscrit, avait appelé pour l'informer qu'une place se libérait. Loin de la réjouir, cette perspective l'anéantissait. Je ressentis moi aussi un choc à cette annonce : ma mission allait prendre fin, bientôt je ne verrais plus Iannis.

Helena ne songea pas à nous servir nos alcools habituels.

« Je sais qu'il le faut, mais je ne peux pas imaginer ma vie loin de mon fils. Certains jours je pourrais le tuer, il m'est parfaitement insupportable, mais vous voyez, Louis, c'est au moment où l'on me propose de m'en libérer que je m'aperçois que je ne peux pas me passer de lui. »

Que lui répondre, sinon que je comprenais trop bien ce sentiment ? La perspective de ne plus avoir à m'occuper de Iannis ne m'apportait aucun soulagement, au contraire.

« Oh, bien sûr je ne vais pas refuser, ce serait une folie et nous irions tous les trois vers la catastrophe. La Belgique n'est pas le bout du monde, mais… il y a une frontière à franchir. C'est curieux, l'importance que cela prend pour moi, puisque au fond il y sera moins loin que s'il partait pour le Larzac… et puis… »

Elle s'interrompit, réprimant un sanglot.

« Ils n'organisent des retours vers Paris qu'une fois par mois, pour un week-end ! Iannis, un mois entier, dans un dortoir avec des jeunes aussi fêlés que lui, voire davantage, entouré d'adultes qu'il ne connaît pas… »

Elle sortit une cigarette de son paquet puis, regardant celle qui se consumait déjà à ses doigts, fit entendre son petit rire amer. La voyant pour la première fois aussi désarmée, je l'entourai de mes bras, sans craindre les conséquences éventuelles de ce geste. Elle s'y réfugia et y pleura longtemps, avec des hoquets de petite fille. Puis elle se dégagea de mon étreinte.

« On ne peut pas aimer Iannis comme on aimerait un autre enfant, ce n'est pas possible. On l'aime davantage, ou on le rejette. Il fait mal, il peut se montrer repoussant, il fait peur. Je crois savoir pourquoi tant de jeunes gens ont renoncé à s'en occuper, pourquoi ils ont trouvé la tâche à ce point insupportable. Vous aviez raison, Louis, vous vous en souvenez ? L'un des premiers soirs après votre arrivée, quand nous échangions nos impressions, vous m'avez dit que mon fils était branché sur nos pensées les plus secrètes, qu'il absorbait nos émotions, nos angoisses. Ce n'est pas de Iannis dont tous ces jeunes gens ont eu peur, mais d'eux-mêmes, de ce que Iannis leur renvoyait. C'était leur part d'ombre qui les effrayait. »

Comment ne pas souscrire à ses paroles ? Chaque jour son fils m'avait mené aux limites de ce que je pouvais affronter. Et, d'une certaine façon, sa mère avait fait de même, sur un tout autre terrain. Mais, contrairement à ceux qui m'avaient précédé, j'avais choisi de ne pas fuir et je sentais même qu'il me fallait encore avancer d'un pas.

Doucement, je me suis éloigné pour remonter dans ma chambre. Ce soir-là, ainsi que les soirs suivants, Helena ne fit pas un geste pour me retenir.

Plusieurs jours de suite, elle n'apparut pas à l'heure du petit déjeuner. Cloîtrée dans sa chambre, elle me laissait seul avec Iannis une partie de la matinée et ne se montrait qu'au moment où nous nous préparions à partir en promenade. Ses yeux gonflés laissaient supposer des nuits difficiles. Elle serrait son fils dans ses bras et il se laissait étreindre sans tenter un geste, pendant que, par-dessus l'épaule de sa mère, ses yeux fixaient un horizon lointain.

Le vent menait son troupeau de nuages vers la mer, les fanions de la jetée claquaient au sommet de leurs mâts. Une écharpe autour du cou, enveloppés dans d'épais pull-overs, Iannis et moi arpentions la grève. Nous marchions côte à côte, comme deux amis silencieux qui se comprennent sans se parler. La brise ébouriffait les cheveux de mon compagnon et faisait voler son écharpe, lui donnant l'apparence d'un poète maudit. Je ne pouvais me détacher de l'idée que ma mission allait prendre fin. Les paroles d'Helena résonnaient en moi et j'imaginais Iannis tremblant, assis sur son lit au milieu d'un dortoir impersonnel, effrayé par les cris et les gémissements des autres pensionnaires de l'institution belge. Cette vision me serrait le cœur et je m'efforçais de m'en détourner, en suivant des yeux le vol d'une mouette qui surfait sur les bourrasques.

Soudain, de loin, la silhouette d'Helena se découpa sur le ciel blanc et elle nous adressa un signe alors qu'elle descendait l'escalier de la jetée. Elle ouvrit la cabine et s'installa sur le seuil, comme à son habitude. Pensive, mâchonnant son stylo, elle jetait de temps à autre des notes sur les pages de son carnet. Quand ce fut l'heure de déjeuner, elle donna le signal du départ, et nous sommes rentrés de la plage. Elle marchait en tête, sans se hâter, je voyais son dos étroit, ses cheveux retenus par la pince qui dévoilait sa nuque, ses épaules contractées. Pas une fois elle ne se retourna pour s'assurer que nous la suivions.

Je me suis revu, serrant dans mes bras la mère au désespoir, la petite fille en larmes. Mais à cet instant, remontant l'escalier qui menait à la jetée, Helena avait retrouvé son comportement habituel. Elle avançait, sans se soucier de savoir si j'avais perdu son fils du regard, si Iannis n'avait pas emprunté quelque chemin de traverse. Elle menait sa petite troupe, elle n'avait nul besoin de se rassurer.

Elle ignorait une chose, qui s'était déclenchée en moi ce matin-là sur la plage, alors que je la contemplais, penchée sur son travail : comme emportée par le vent, ma peur s'était évanouie et j'avais décidé que la comédie des refus, de moins en moins supportable, devait prendre fin.

# III

*Ce que nous croyons découvrir, nous l'avons toujours su. On n'oublie rien, ni l'éclair de lassitude, ni le mot chuchoté derrière la cloison ou la pâleur entrevue d'une peau. Nous n'avons jamais chassé de notre mémoire ces quelques syllabes, nous avons gardé au plus profond de nous ce geste regretté : c'est de cette part aveugle que nous dépendons, vivante, insistante, c'est elle qui a décidé de notre destinée.*

Elle ne sait pas encore que je vais lui dire oui. Elle ne sait pas encore que je vais enfin accepter. Ce soir, quand j'aurai aidé Iannis à prendre son bain, à enfiler son pyjama, quand il sera couché, quand nous aurons vidé nos verres et écrasé notre dernière cigarette. Alors je dirai oui à Helena.

Comme à son habitude, Iannis agite les bras. Minces et blancs ils lui échappent, jaillissent de ses épaules pour prendre leur envol, ailes de mouettes effrayées, drapeaux au vent. Les rares passants qui arpentent la digue se retournent, surpris par ses moulinets, par sa démarche surtout. Fascinés par ce déséquilibre permanent qui le conduit toujours à la limite de la chute, ils sont tentés de se précipiter pour le retenir mais Helena et moi les rassurons d'un geste. Ne vous inquiétez pas, nous savons que Iannis ne tombe jamais. Il dévale les escaliers en effleurant à peine la volée de marches, il galope sans trébucher sur le tapis de varech qui tente d'emprisonner ses chevilles.

Nous avons passé la matinée sur la grève, devant une mer uniformément grise et j'ai rempli ma mission quotidienne auprès de Iannis. Maintenant que j'ai appris à le connaître, je l'aime et il m'effraye tout à la fois. Lui et sa mère vont trop loin, mais tous deux ont eu raison de mes résistances : à Helena comme à Iannis, je vais cesser de me refuser.

Après le déjeuner, Iannis ne me laisse pas le temps de me poser la question : il a décidé du but de notre promenade et je l'y accompagne sans crainte.

Lorsqu'il se faufile entre les battants de la grille des Flots je n'hésite pas à le suivre. J'ai abandonné ici une part de mes souvenirs et leur morte-saison a duré jusqu'à cet instant. Les hautes herbes me balayent les jambes, les ronces s'accrochent à mon pantalon mais semblent ne pas effleurer Iannis. Il file vers le fond du jardin pour s'arrêter devant la porte métallique recouverte d'un épais manteau de liserons. Je savais que son instinct nous mènerait là. Il caresse les fleurs, fredonnant son étrange mélopée, puis, toujours au bord du déséquilibre, il repart vers le cercle de ciment que l'on devine sous les broussailles, surmonté par un portique dévoré de rouille. Il s'assied sous les tubes de métal crevés, dont s'échappent des colonies de fourmis. Entre ses doigts il fait couler un peu du sable de l'ancienne aire de jeu et, le regardant, j'accepte d'ouvrir grand les portes contre lesquelles je m'étais arc-bouté jusqu'à présent. Aussitôt les broussailles disparaissent, le portique retrouve sa couleur d'autrefois, son trapèze, sa balançoire et ses anneaux. Le cercle de béton se remplit à nouveau de sable et ce n'est plus Iannis, assis en tailleur et jouant comme un enfant, que j'ai devant les yeux : c'est Antoine, qui est venu au rendez-vous.

*Mon ami a sorti de sa poche la clef de notre domaine. Les vacances s'achevaient, mes parents et moi allions repartir le soir même pour Paris, il nous fallait faire nos adieux au parc du Saut du Loup : Antoine m'avait promis qu'il n'y retournerait qu'en ma compagnie, l'été suivant.*

*Nous avons laissé nos mains courir sur les pierres tiédies par le soleil, écarté les buissons qui envahissaient les allées. Nous nous sommes appuyés à la balustrade de pierre pour nous pencher sur les vasques à demi remplies de terre humide. Dans la grotte, nous avons pensé à l'année qui allait nous séparer et la voûte obscure a amplifié le bruit de nos souffles mêlés. L'idée de quitter Antoine m'a soudain paru insupportable. Débordé par une émotion que je n'avais encore jamais ressentie j'ai tendu une main vers lui, qui s'est posée sur sa poitrine. Le cœur de mon ami battait sous mes doigts et sa main est venue chercher la mienne. Nous sommes restés pétrifiés, mais Antoine a réagi le premier : se détachant brusquement de moi il m'a abandonné pour aller grimper une dernière fois au sommet de l'escarpement.*

*Je suis resté seul dans l'obscurité de la grotte, les tempes battantes. Une exclamation m'a fait sortir de mon refuge : Antoine avait emprunté une voie nouvelle et déployait dans son ascension une énergie farouche, sans doute pour échapper au trouble qui nous avait envahis. Jamais encore je ne l'avais vu en difficulté, mais cette fois, à plusieurs mètres du sol il rageait, luttant contre les ronces qui le retenaient de leurs griffes. Je l'appelai, tentant de le persuader de redescendre. Il s'immobilisa un instant pour se retourner et m'adresser un sourire rassurant mais soudain son pied glissa sur une plaque de mousse, les fines lianes des liserons auxquelles il tenta de se raccrocher lui restèrent dans la main et il tomba sans un cri, derrière les fourrés.*

*Sa tête avait heurté la balustrade du pont, le visage maculé de terre il était allongé sur les dalles de béton. J'aurais voulu ne pas entendre la plainte qui s'échappait de ses lèvres. Il était d'une pâleur effrayante, je l'ai redressé avec précaution et il a ouvert les yeux, me dévisageant intensément. Il paraissait simplement étourdi par sa chute, aussi je l'ai soutenu pour le ramener jusqu'au jardin de l'hôtel.*

*J'ai voulu courir prévenir sa famille mais Antoine me l'a interdit. Il n'avait rien, pourquoi aller au-devant d'une situation difficile ? Nous avions trans-*

*gressé un interdit, on nous le reprocherait, nous n'aurions jamais dû pénétrer dans cette zone dangereuse. Ce lieu n'appartenait qu'à nous, c'était notre secret. Cédant à son insistance j'ai refermé la porte métallique. En glissant la clef dans la poche de la chemise d'Antoine, j'ai senti les battements précipités de son cœur. Saisi d'un nouvel étourdissement, il est venu s'allonger sur l'aire de jeu.*

A la place exacte où aujourd'hui, tout à sa fascination, Iannis laisse couler le sable entre ses doigts.

*D'un sourire j'ai tenté de réconforter Antoine, voulant ignorer la pâleur de son visage, le léger tremblement de ses membres. A l'évidence, une seule chose comptait pour lui : préserver notre secret, aussi il m'a demandé de garder le silence sur son accident. Répondant à sa demande, mes yeux dans les siens, j'ai juré. Lorsqu'il s'en est senti la force, je l'ai raccompagné jusqu'à sa chambre et il s'est allongé sur son lit, m'assurant que tout irait bien. Je l'ai laissé se reposer, lui promettant que je reviendrais lui dire au revoir lorsque l'heure du départ aurait sonné.*

*Il me fallait emporter un souvenir d'Horville. Je me suis rendu sur la plage à marée basse, ma poche s'est emplie d'une poignée de mèches et d'une salière, que j'ai découverte au cœur d'un amas de varech. Le ciel était gris, une pluie fine tombait sur les toits d'ardoise des villas qui effleuraient les nuages. J'ai saisi un peu de sable que j'ai fourré dans ma poche, par-dessus mon butin.*

*Pendant que mes parents chargeaient la voiture, je suis retourné voir mon ami dans sa chambre. Ses lèvres exsangues et ses cernes violets m'ont inquiété, je lui ai demandé une fois encore s'il ne voulait pas que je prévienne ses parents. Une fois encore il a refusé, murmurant qu'il prétendrait être tombé du portique en se livrant à quelque acrobatie. Fouillant dans ma poche, j'en ai sorti la salière et l'ai déposée dans sa main. Avec un faible sourire, Antoine m'a lui aussi remis un cadeau : un petit paquet de papier journal, qu'il m'a demandé de n'ouvrir qu'une fois arrivé à Paris. Il n'irait plus sans moi dans notre domaine, il me l'a répété d'une voix réduite à un souffle, il attendrait l'été suivant. Au moment de refermer la porte de sa chambre je me suis retourné vers lui : il avait encore un peu de terre sur le visage ; en guise d'adieu, avant que sa tête ne retombe sur l'oreiller, il a simplement posé un doigt sur ses lèvres.*

Il n'y eut pas pour moi d'été suivant à Horville : lassés de son crachin et de sa plage venteuse, mes parents avaient changé de destination et le gris du ciel normand fut remplacé par l'azur de la côte méditerranéenne. A Paris ma vie de collégien reprit ses droits et, avec l'insouciance de mon âge, j'ai toujours remis au lendemain le projet d'écrire au petit sauvage qui m'avait tant bouleversé.

Qu'est-il advenu de mon ami ? Aujourd'hui, le spectacle de l'hôtel abandonné par ses propriétaires me laisse craindre le pire. L'ombre qui dormait au plus profond de moi et qui hantait mes rêves a pris le visage, le regard clair et les cheveux en bataille d'Antoine. J'avais voulu l'oublier, tout comme j'avais chassé de ma mémoire le contenu de son cadeau : la clef du Saut du Loup, dans son paquet maladroitement ficelé.

Je rejoins Iannis au centre de l'ancienne aire de jeu pour m'asseoir près de lui. Il ouvre sa main, du sable s'en échappe qui coule sur la mienne. Tous les deux nous regardons filer entre nos doigts cet étrange sablier d'un temps qui, pour Iannis, semble à jamais suspendu. Puis nous reprenons le chemin de la villa.

Comme chaque fois que je pénètre dans le salon, Helena arrache une feuille de sa Remington et la fait disparaître dans le tiroir de son bureau. Lorsqu'elle se retourne vers nous, je vois qu'elle a encore pleuré. D'une voix atone, elle me demande de bien vouloir accomplir les tâches usuelles, donner son bain à Iannis, le faire dîner et le coucher. Je m'exécute, sans cesser de penser à notre visite à l'hôtel des Flots : désormais je dois vivre avec le souvenir d'Antoine.

Lorsque je redescends de l'étage, je trouve Helena assise sur le canapé.

« Jérôme a appelé, cette après-midi, les choses se précipitent. L'établissement est prêt à accueillir notre fils, mais il faut faire vite, beaucoup de familles convoitent cette place, elle ne doit pas rester inoccupée plus de quelques jours, c'est ce qu'ils ont dit... une question de prix de journée, paraît-il. »

Elle prend un temps, avant de poursuivre, la gorge nouée :

« Il faut que vous raccompagniez Iannis demain,

par le train, afin qu'il puisse partir là-bas le plus rapidement possible avec son père. Jérôme viendra vous chercher à Saint-Lazare, il vous suggère de laisser votre voiture à la gare de Caen pour la récupérer plus tard. Conduire avec Iannis à l'arrière présente trop de risques, on ne sait jamais comment il va se comporter, saisir le cou du conducteur ou lui cacher les yeux. »

Je lui demande, pressentant sa réponse, si elle nous accompagnera. Elle inspire profondément :

« Jusqu'à la gare, oui, pour surveiller Iannis pendant que vous serez au volant. Mais pas jusqu'à Paris, encore moins en Belgique, c'est au-dessus de mes forces. Je ne sais même pas comment annoncer cette nouvelle à Iannis, j'aurais dû le préparer, lui en parler depuis longtemps. Je n'y suis pas parvenue. »

Contrairement à nos habitudes, c'est moi qui nous sers deux verres, que nous vidons en silence. Tout va si vite, tellement plus vite que prévu : demain déjà, je vais devoir me séparer de Iannis. Mais je n'ai pas oublié ma résolution de ce matin et, prenant enfin l'initiative, je pose ma main sur la cuisse d'Helena. Elle tressaille et se tourne vers moi, retrouvant son ironie :

« Quel changement soudain, Louis ! Je vois que votre décision de vous refuser à moi n'était pas trempée dans le bronze. Je sais votre goût pour les classiques, mais le moment est mal choisi : vous n'êtes pas Julien Sorel et je suis encore moins Madame de Rênal. Vous ne m'en voudrez pas, je l'espère, pas plus que je ne vous en ai voulu… en tout cas, je suis sensible à votre attention et je vous souhaite une bonne nuit. »

Elle se lève, rien ne peut se lire dans son regard pendant qu'elle contourne la table basse et se dirige vers l'escalier.

Iannis respire profondément, une mèche de cheveux collée à son front moite. Je me penche vers lui pour lui murmurer ce qui va se passer le lendemain : le voyage qui nous attend, tous les trois d'abord jusqu'à la gare, puis nous deux seulement, dans le train pour Paris. Je lui parle de l'établissement de Belgique, des amis qu'il va s'y faire. Propos absurdes, j'en suis conscient : des amis, pour Iannis ! Au moment où je tente de lui dire à quel point il va me manquer, une larme s'échappe de ma paupière et vient s'écraser sur sa main. Craignant de l'éveiller, je sors sur la pointe des pieds.

J'ouvre la porte de ma chambre et, après avoir traversé le couloir, je me dirige sans crainte vers celle qui lui fait face. Il fait nuit noire, à tâtons je m'approche du lit, je m'y assieds et tends ma main vers les cheveux d'Helena, répandus sur l'oreiller. Elle a un sursaut, bouge doucement puis s'immobilise, comme en attente. Enfin, ses bras se tendent dans la nuit pour venir se nouer autour de mon cou. Elle parcourt mon visage de ses deux mains, comme un aveugle qui déchiffrerait mes traits, puis elle m'attire à elle, pressant sa joue mouillée contre la mienne.

La nuit est encore profonde quand j'ouvre les yeux, cherchant à prendre conscience du lieu où je me trouve. Helena respire paisiblement, une main posée sur ma poitrine. J'ai exploré le corps d'une jeune fille frissonnante qui s'est contentée d'effleurer le mien et m'a laissé enhardir mes lèvres jusqu'au plus intime d'elle-même, ouverte à un plaisir doux. Elle s'est soumise à chacun de mes gestes : tout le contraire de la dominatrice dont le désir impérieux m'avait fait si peur.

Juste après que j'étais entré dans sa chambre, quand ses bras m'ont attiré vers elle, leur force m'a laissé envisager un combat à l'issue incertaine, mais dès que je me suis glissé dans son lit, elle s'est blottie contre moi et ses larmes ont jailli de nouveau. Je l'ai bercée, consolée, jusqu'à ce que son corps se détende et consente à s'offrir. Elle a fait entendre une plainte étouffée quand, très vite, le plaisir l'a emportée, provoquant le mien. Je me suis endormi en elle, son souffle dans mes cheveux.

Le silence est total, mais le sommeil m'a quitté.

Toutes mes émotions se bousculent, la perspective du retour vers Paris m'accable, la proximité du corps d'Helena me pèse, sa chaleur m'envahit. Je me lève et descends au salon pour y fumer une cigarette. Sur le bureau, le couvercle de la Remington est fermé, je m'aperçois que la pile de papier machine a considérablement diminué depuis mon arrivée et je m'étonne que l'idée ne me soit pas venue plus tôt de jeter un œil sur le travail d'Helena. Le tiroir n'est pas verrouillé, je ne résiste pas à la tentation de l'ouvrir pour y saisir la première feuille qui me tombe sous la main.

*« Il sent venir le plaisir, renverse la tête en arrière et ferme les yeux. Elle le supplie de les garder ouverts, elle veut voir son visage, mais surtout saisir l'instant de bascule, au plus profond de son regard. Aussi brève soit-elle, la jouissance d'un homme lui demeure un mystère, tout autant que la sienne propre. Elle lui fait rejoindre l'ordre profond de la nature, elle le fait mourir et renaître dans ces quelques secondes qui l'anéantissent. Sublime ou sordide, amoureuse ou tarifée, elle n'en ouvre pas moins sur l'infini.*

*Il lui obéit, à son corps défendant, et ne baisse pas les paupières. Elle pense qu'il va enfin lui permettre de connaître la réponse, mais au moment exquis elle ne lit dans les yeux du jeune homme qu'un vide sidéral. »*

Voilà donc ce qu'Helena avait fait de l'instant où je m'étais laissé aller à ce plaisir inconnu. Voilà ce qu'elle avait retenu de ma plongée dans l'abîme de ses yeux : *un vide sidéral.* J'hésite à m'emparer des autres feuilles cachées dans le tiroir du bureau, d'autant que j'imagine sans peine ce que je vais y découvrir : le récit des expériences de ces dernières soirées qui a nourri sa fiction et dont mon image ne sortira pas grandie.

« Je me suis donnée à vous cette nuit, Louis, j'étais consentante, demandeuse même, mais ce que vous faites en ce moment s'appelle un viol. »

Je me retourne, le souffle coupé : drapée dans un peignoir, la main sur le chambranle de la porte, Helena me jette un regard de glace.

« J'avais confiance, je ne soupçonnais pas en vous l'âme d'un vulgaire cambrioleur, d'un détrousseur d'écrivain ! »

Je serais prêt à m'excuser de l'inélégance de mon geste, mais une colère froide m'envahit et je brandis la feuille arrachée au tiroir pour la lui lire d'une voix blanche, insistant sur ses derniers mots.

« Eh bien, ça ne sonne pas si mal, non ? C'est un roman, Louis, vous qui savez ce qu'est un roman vous ne pensiez tout de même pas être mon unique inspirateur ? J'écrivais avant que vous arriviez, figurez-vous ! Votre personnage s'est simplement glissé entre mes pages, au fil des jours. Mais il serait bien présomptueux, mon pauvre garçon, de penser qu'il s'agit de vous, de vous seul ! »

Envolée, la jeune fille frissonnante de cette nuit. *Mon pauvre garçon* : Helena avait retrouvé le ton tranchant des grandes occasions. Elle s'avance, m'arrache le texte des mains et le déchire, avant d'ouvrir le tiroir de son bureau pour y saisir le paquet de feuilles.

« Il ne reste que quelques heures avant le départ, nous nous reverrons au petit déjeuner. »

Son travail sous le bras, elle remonte dans sa chambre et en claque la porte.

Jamais je n'ai connu Iannis aussi calme. Il nous regarde entasser ses affaires dans un sac, prostré contre le mur de sa chambre. Helena me tend chemises, pantalons et pull-overs sans m'adresser un mot. Depuis la scène de cette nuit nous nous ignorons et le petit déjeuner s'est déroulé dans une ambiance glaciale. Elle s'est agacée que Iannis, pour la première fois, refuse d'avaler quoi que ce soit, mais s'est laissée cependant aller à des gestes tendres avec son fils, ses yeux s'embuant chaque fois qu'elle lui caressait la joue. Devant moi elle a trouvé le courage de lui expliquer ce qui allait se passer, reprenant les mêmes mots que les miens.

Son bagage bouclé, Iannis nous suit comme un automate lorsque nous descendons l'escalier et sortons de la villa. Plus grise que jamais la mer se confond avec le ciel, je descendrais bien sur le sable pour ramasser une dernière poignée de mes trésors d'autrefois, mais le temps presse : c'est Iannis que je dois ramener d'Horville et non une provision de mèches et de salières. Nous empruntons la rue parallèle aux tennis et nous nous engageons dans le passage, sous le tablier du pont de bois qui surmonte l'hivernage des voiliers. La deux-chevaux nous attend, ses tôles grises en harmonie avec les nuées qui recouvrent la station. Helena et Iannis prennent place à l'arrière pendant que je m'installe au volant. Nous traversons une campagne encore humide de rosée et passons sous les flèches de La Délivrande, avant de nous engager sur la longue ligne droite qui nous mène jusqu'à la gare de Caen.

Nous laissons la voiture sur le parking et nous dirigeons vers le quai où se presse un petit groupe de voyageurs. Indifférent à la bousculade, Iannis nous suit jusqu'au train, sans manifester la moindre émotion. Helena nous aide à nous installer dans le compartiment, côte à côte sur la banquette : nous choisissons de placer le jeune garçon près de la fenêtre. Je sors la clef de contact de ma poche et, lui adressant la parole pour la première fois de la matinée, je demande à Helena si elle souhaite utiliser ma deux-chevaux pour retourner à la villa.

« Non merci Louis, il y a des taxis devant la gare. »

Et elle ajoute avec un demi-sourire :

« De toute façon, je n'ai plus l'âge de conduire ce genre de véhicule, c'est une voiture de jeune ! Vous pourrez la récupérer à votre descente du train, quand vous reviendrez. »

Elle me regarde intensément :

« Cela ne vous obligera pas à repasser par Horville. »

Aucun voyageur ne nous rejoint dans le compartiment. Se penchant par-dessus moi, Helena saisit le visage de son fils entre ses mains pour l'embrasser longuement, puis se détache de lui, effleurant une dernière fois sa joue. Iannis appuie son front contre la vitre et s'absorbe dans la contemplation du rond de buée que son souffle y dépose. Sans que je puisse croiser ses yeux, Helena sort du wagon et s'éloigne. Elle ne se retourne pas : son dos étroit, ses cheveux retenus par la pince qui dévoile sa nuque, ses épaules contractées qui semblent lutter contre une douleur infinie, sont la dernière vision que j'emporte d'elle.

*Par les soirs bleus d'été j'irai dans les sentiers*
*Picoté par les blés, fouler l'herbe menue :*
*Rêveur, j'en sentirai la fraîcheur à mes pieds.*
*Je laisserai le vent baigner ma tête nue.*
*Je ne parlerai pas, je ne penserai rien…*

ARTHUR RIMBAUD

Une heure déjà que le train file à travers la campagne. Le front toujours appuyé à la fenêtre, Iannis n'a pas bougé. Il n'a pas réagi aux adieux de sa mère, ni aux coups de sifflet annonçant le départ, les secousses du wagon au passage des aiguillages ne l'ont pas davantage sorti de sa torpeur. De temps à autre je tente d'attirer son attention sur quelque détail du paysage, mais rien ne paraît pouvoir le distraire de sa méditation. Je me penche vers lui : ses yeux se sont fermés, le bercement du train semble l'avoir endormi et son souffle régulier continue de produire sur la vitre d'éphémères petits nuages.

Prairies et collines défilent sous mes yeux et mes pensées roulent librement. Durant mon séjour à Horville, Frédéric aura tout juste eu le temps d'effleurer la main de Sophie Arnoux avant que le roman de Flaubert ne rejoigne le fond de mon sac et seuls quelques poèmes m'auront été soufflés par Rimbaud, avant qu'il n'aille se brûler les ailes en Abyssinie... Le sourire lumineux d'Antoine s'attarde quelques secondes sur la vitre du wagon avant de disparaître, pour laisser place à une pensée obsédante : dans deux heures à peine je vais confier Iannis à son père et ne plus jamais le revoir. Je n'aurai même pas la ressource de l'imaginer heureux dans ce lieu qu'il va rejoindre. Comment, en si peu de temps, ai-je pu m'attacher à ce point à un garçon qui ne m'a pas adressé une parole, et à peine un regard ? Comment a-t-il pu créer entre nous un lien si intime ? Ce lien, il me faudra pourtant le dénouer et vivre désormais sans le jeune médium qui lisait dans mes pensées. Je vais retrouver Paris, tenter de reprendre mes études mais je ne replongerai pas dans le marasme qui m'a conduit jusqu'ici. L'inhibé chronique, *le grand taciturne* qui inquiétait ses parents, le garçon *conforme* qui refusait les avances d'Helena, appartiennent au passé, un mois a suffi pour que je les abandonne comme une défroque, sur le sable d'Horville. Mes fantômes, mes craintes, se sont évanouis : est-ce à cause d'Helena, est-ce grâce à Iannis ?

Peu à peu ma tête tombe sur ma poitrine, mes questions sombrent dans la confusion et je plonge à mon tour dans le sommeil.

Le grincement suraigu des roues de la motrice me réveille en sursaut, annonçant le brusque freinage du train qui s'arrête en rase campagne. Mon sac est tombé du porte-bagages, j'ai moi-même failli être éjecté de la banquette. J'entends les voix affolées des passagers dans les compartiments voisins, la course d'un contrôleur dans le couloir et je me demande à quel accident nous venons d'échapper. C'est lorsque je vois Iannis souriant, suspendu au signal d'alarme accroché au-dessus de nos têtes, que je comprends ce qui vient de se produire. Je ne me suis pas montré assez vigilant : j'avais pourtant repéré la poignée lorsque nous sommes entrés dans le compartiment et, sachant Iannis capable de tout, j'aurais dû l'en éloigner. Je me précipite pour en décrocher ses doigts et l'obliger à se rasseoir près de la fenêtre. C'est alors que j'aperçois, juste avant qu'elles ne s'effacent de la vitre, les lettres de mon prénom inscrites dans le halo de buée de son souffle.

L'arrêt brutal du train a arraché les passagers à leur somnolence, ils se pressent maintenant dans le couloir, baissent les vitres pour pencher leurs visages interrogateurs. Un concert d'exclamations, de voix angoissées et de pleurs d'enfants envahit le wagon et, étonnamment calme au milieu de ce tapage, je sens germer en moi une idée insensée. Il n'est pas question que j'affronte les questions des contrôleurs, les remarques des voyageurs. Je ne veux pas davantage avoir à expliquer le comportement de Iannis, à évoquer sa différence pour excuser son acte. En une seconde ma décision est prise : Iannis a tiré le signal d'alarme à mon intention, mon prénom, dissipé avec la buée de la vitre, l'affirme sans équivoque. Si j'ai entendu son message, je dois répondre à cet appel au secours.

Je ramasse mon sac, m'empare de celui de Iannis et, saisissant la main tendue du jeune garçon, je l'entraîne dans le couloir. La confusion qui règne nous rend totalement transparents aux yeux des autres passagers. Nous nous frayons un chemin, cognant des épaules, bousculant des dos, jusqu'à l'extrémité du wagon.

Pas un instant l'aberration de mon geste ne freine mon élan, au contraire, un sourire me monte aux lèvres, j'obéis soudain à un slogan de la révolte étudiante à côté de laquelle je suis passé : *Soyez réalistes, demandez l'impossible !* J'actionne le mécanisme de la portière, elle pivote et s'ouvre sur les prairies qui bordent la voie ferrée. Le vent y fait naître des vagues, une houle soulève les herbes et, la main accrochée à la rambarde, je respire l'air vif qui me grise. Iannis se faufile sous mon épaule, effleurant à peine le marchepied il n'attend pas que je l'y invite pour sauter du train. Il me précède sur le ballast et c'est lui qui mène la marche, me tirant par le bras, déterminé.

Je me retourne, au moment où les premières hautes herbes fouettent nos jambes. De loin et à contre-jour, le train semble un jouet d'enfant. Attiré par l'appel des prairies à perte de vue, Iannis tire de plus en plus fort sur mon bras, jusqu'à ce que je m'élance avec lui vers l'horizon.

Combien de temps durera cette fugue, avant que l'on nous retrouve ? Quelques jours tout au plus, mais quelques jours que je passerai seul avec Iannis, avant de le perdre à jamais. Le souffle court, j'hésite entre le rire et les larmes, à l'idée de ce qui est en train de m'arriver.

Où est passé Louis, celui qui traînait son existence, d'année en année, à la poursuite d'un futur qu'il n'avait pas choisi ? Sans souci de ce qui va advenir, sans penser à la réaction des parents de Iannis, ignorant la peur des conséquences de son acte insensé, le garçon singulier, l'inhibé, le grand taciturne fuit à travers champs, serrant avec bonheur la main d'un enfant fou.

REMERCIEMENTS

Merci aux enfants douloureux qui m'ont inspiré le personnage de Iannis.

Merci à Martine Boutang, dont l'exigence m'aide à transformer mes manuscrits en romans.

# Philippe Grimbert
# dans Le Livre de Poche

*La Mauvaise Rencontre* n° 31901

Rien n'aurait dû séparer les deux garçons, croix de bois croix de fer, à la vie à la mort. Il n'y a pas eu de rivalités imbéciles, c'est autre chose qui les a déchirés, quelque chose qui était là depuis le début, mais que personne ne pouvait encore imaginer.

*La Petite Robe de Paul* n° 30045

Paul n'a jamais rien caché à sa femme. Un jour, il est irrésistiblement attiré par une petite robe blanche exposée dans la vitrine d'un magasin. L'irruption de ce vêtement d'enfant dans l'univers feutré d'un couple sans histoires va soudain produire des effets dévastateurs et réveiller de vieux démons.
De quels secrets la petite robe blanche est-elle venue raviver la blessure ?

*Un secret* n° 30563

Souvent les enfants s'inventent une famille, une autre origine, d'autres parents.

Le narrateur de ce livre, lui, s'est inventé un frère. Un frère aîné, plus beau, plus fort, qu'il évoque devant les copains de vacances, les étrangers, ceux qui ne vérifieront pas... Et puis un jour, il découvre la vérité, impressionnante, terrifiante presque. Et c'est alors toute une histoire familiale, lourde, complexe, qu'il lui incombe de reconstituer.

Une histoire tragique qui le ramène aux temps de l'Holocauste, et des millions de disparus sur qui s'est abattue une chape de silence.

*Du même auteur :*

PSYCHANALYSE DE LA CHANSON, Les Belles Lettres-Archimbaud, 1996 ; Hachette Littératures, 2004.

PAS DE FUMÉE SANS FREUD. *Psychanalyse du fumeur*, Armand Colin, 1999 ; Hachette Littératures, 2002.

ÉVITEZ LE DIVAN. *Petit guide à l'usage de ceux qui tiennent à leurs symptômes*, Hachette Littératures, 2001.

LA PETITE ROBE DE PAUL, Grasset, 2001.

CHANTONS SOUS LA PSY, Hachette Littératures, 2002.

UN SECRET, Grasset, 2004.

LA MAUVAISE RENCONTRE, Grasset, 2009.

AVEC FREUD AU QUOTIDIEN, Grasset, 2012.

PAPIER À BASE DE
FIBRES CERTIFIÉES

Le Livre de Poche s'engage pour
l'environnement en réduisant
l'empreinte carbone de ses livres.
Celle de cet exemplaire est de :
200 g éq. $CO_2$
Rendez-vous sur
www.livredepoche-durable.fr

Achevé d'imprimer en juillet 2012 en France par
CPI BRODARD ET TAUPIN
La Flèche (Sarthe)
N° d'impression : 69681
Dépôt légal 1re publication : août 2012
LIBRAIRIE GÉNÉRALE FRANÇAISE
31, rue de Fleurus – 75278 Paris Cedex 06

31/6420/9